情商童话

点亮一盏心灯

曾维惠 著

海峡出版发行集团
THE STRAITS PUBLISHING & DISTRIBUTING GROUP | 福建教育出版社

曾维惠，笔名雯君、紫藤萝瀑布，著名儿童文学作家，中国作家协会会员，鲁迅文学院第十九届中青年作家高研班学员，重庆文学院首届签约作家，重庆市作家协会全委会委员，重庆江津区作家协会副主席。出版著作100余本，发表作品2000余篇（首），先后在20余家报刊开设过作品专栏。

作品获2014年和2015年冰心儿童图书奖、重庆市第三届巴蜀青年文学奖、第四届和第五届重庆文学奖、台湾"中小学生优良课外读物"推荐奖、台湾"好书大家读"推荐奖等奖项。个人曾获"教育部关工委优秀辅导员"、"江津十大杰出青年"、"江津十佳育人女园丁"、"江津十佳青年岗位能手"等荣誉称号。

博客：紫藤童话花园 http://blog.sina.com.cn/zengweihui

微博：a紫藤萝瀑布 http://weibo.com/zengweihuitonghua

童话世界，我向往的天堂

我时刻感受到生活是那样的美好，因为我拥有许许多多的朋友，如：童话作家、童话中的主人翁、喜欢读童话的大朋友小朋友……我经常与这些朋友进行心灵的对话，我经常陶醉在这样的童话世界中。"有一张绝不会教训人的嘴"的恩师明超先生曾对我说："希望你能成为中国的第二个童话大王。"虽然我还算不上童话大王，但是我依旧快乐地读童话，快乐地写童话，我愿意和我亲爱的朋友们一起快乐地成长！

童话是一首意境悠远的诗，它抒写了万物，抒写了心灵。《花蝴蝶，蝴蝶花》是一首诗，花蝴蝶的一生，是富有诗意的一生，它的身体虽然离开了这个美丽的世界，但是它的精神却像满山的蝴蝶花，

开放在山野，开放在我们每个人的心里。这难道不是一首意境悠远的诗吗？

童话是一幅美妙绝伦的画，它绘出了快乐，绘出了幸福。《枯树爷爷的幸福》是一幅画，枯树爷爷敞开胸怀，接纳了黄鹂鸟、小松鼠、紫藤萝……它容纳一切可以容纳的东西，它描绘出了一幅美妙绝伦的画卷，它感受着生命中那份宽厚的快乐与幸福。

童话是一支悦耳的歌，它唱响了岁月，唱响了人生。《最漂亮的礼服》是一支好听的歌，吉吉兔用自己的勤劳、勇敢、善良，唱响如歌的岁月，唱响了如歌的人生。

有位少儿报刊编辑对我说："你是作家，是老师，是妈妈，所以你最有资格写故事，因为你最了解孩子需要什么……"听了这样的话，我岂能再浪费光阴？我岂能再不努力写出更多更好的童话？

为什么我的故事那么多？因为我心里深爱

着孩子！为什么我的故事那么逗孩子们喜欢？因为我的故事里有一个温馨的世界！为什么我写得那么执着？因为我向往我心中的天堂——美丽的童话世界。

目　录

枯树爷爷的幸福

"三月里来三月三，美丽的风筝飞满天……"

在风筝飞满天的季节里，一棵枯树眼看着万木复苏、花争艳，而自己却苍老依旧，不禁流下了浑浊的泪水。他叹息着："唉！幸福的日子，已离我远去……"

"树爷爷，我能在您的树枝间搭个窝吗？"一只黄鹂鸟停在枯树那光秃秃的枝头，用清脆的声音问。

枯树爷爷用苍老而无力的声音回答黄鹂鸟："搭

吧搭吧，只要你不嫌弃我有枝没叶。"

　　"我不会嫌弃您的。"黄鹂鸟准备在枯树上安家了，她整天飞进又飞出，忙着布置自己的小窝。

　　"树爷爷，我这样没有吵到您吧？"黄鹂鸟问枯树爷爷。

　　枯树爷爷笑着说："有你和我作伴，我很快乐呢！"

　　很快，黄鹂鸟的家就安好了。

　　"树爷爷，我能在您的腰间建个温暖的小屋吗？"一只拖着蓬松松的长尾巴的小松鼠问。

　　枯树爷爷看也没看小松鼠一眼，就说："行行行，打个你喜欢的洞，住进去吧，只要你不嫌弃我没有绿叶、没有鲜花。"

　　"我不会嫌弃您的。"小松鼠准备在枯树上安家了，他整天"叮当、

点亮一盏心灯

叮当"地敲着树洞。

"树爷爷,我这样整天敲着树洞,没有吵到您吧?您不会感到疼吧?"小松鼠问枯树爷爷。

枯树爷爷微笑着说:"不吵、不吵!不疼、不疼!有你陪着我,我很快乐呢!"

小松鼠的树洞很快就打好了。

"树爷爷,您能让我的藤蔓顺着您的枝干生长吗?"一株小小的紫藤萝,探出脑袋问。

枯树爷爷看着嫩嫩的紫藤萝,叹了一口气,说:"美丽的紫藤萝,你就在我身上自由地生长吧,如果你不嫌弃我这丑模样。"

"我不会嫌弃您的。"紫藤萝在枯树上安了家。很快,紫藤萝的枝蔓就缠满了枯树爷爷的全身。

"树爷爷，我爬满了您的全身，您不会生气吧？"紫藤萝问。

枯树爷爷微笑着说："我哪里会生气呀，我很快乐呢！"

转眼到了四月，枯树上热闹起来了：

黄鹂鸟的小宝贝出生了，一天到晚"叽叽叽"地吵个不停。枯树却在小家伙的吵闹声中，绽开了笑颜。

"生命原来如此快乐！"枯树爷爷时常这样感叹。

小松鼠时常带几个朋友到枯树下玩耍：蟋蟀来了，会用他的六弦琴，弹出好听的曲子；蝴蝶来了，舞动着她那美丽的彩衣，跳出优美的舞蹈。

"生活原来如此多彩！"枯树爷爷时常这样感叹。

紫藤萝爬满了枯树，开出了紫藤萝花；那一串一串紫色的花穗，像紫色的瀑布，在流淌，在欢笑。

"生命原来如此美丽！"枯树爷爷时常这样感叹。

枯树爷爷有了从未有过的幸福！

贴心话

高山之所以雄伟，是因为他容纳了沙石；大海之所以浩瀚，是因为他接纳了百川。枯树爷爷之所以幸福，是因为他愿意让需要他的黄鹂鸟、小松鼠、紫藤萝在他的身上安家。小朋友，让我们敞开胸怀，容纳一切可以容纳的东西，感受生命中那份宽厚的幸福吧。

下一个就是我

小青蛙可可很喜欢跳水这项运动，他每天都要到湖边去练习跳水。

练习完毕，可可总是坐在荷叶上，自言自语地说："我要是能参加森林跳水预备队就好了。"

这一天，认真练习跳水的可可，被跳水预备队的教练带回了预备队。

"孩子们，我们的跳水预备队，是为森林特级跳水队培养人才的。"教练常常这样鼓励小青蛙们说，"只要平时勤学苦练，就一定能进入特级跳水队，参加森林王国的跳水比赛，取得辉煌的成绩！"

听了教练的话，可可信心百倍。他认真地投入每一次训练，希望自己能早日进入森林特级跳水队。

振奋人心的日子终于来了：森林特级跳水队的教练来选优秀跳水队员了！尽管可可觉得自己表现得不错，但是，他还是没有被选中。看着表现优秀的队友被带走，可可伤心地哭了。

"可可，别泄气，下一个就是你！"教练对可可说。

"对，别泄气，下一个就是我！"可可记住教练的话，一如既往地努力训练着。

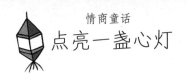

点亮一盏心灯

森林特级跳水队的教练又来选优秀跳水队员了！然而，可可这次还是没有被选中！

"可可，别泄气，下一个就是你！"教练还是这样对可可说。

"对！别泄气！下一个就是我！"可可还是这样鼓励着自己。

在教练说了无数次"下一个就是你"，可可说了无数次"下一个就是我"之后的某一天，可可终于被森林特级跳水队的教练选上了！

进入森林特级跳水队后，因为可可基本功扎实，平时训练又特别努力，教练就推荐他参加第二十五届森林王国跳水比赛。可是，可可却以零点一分的差距，没能登上冠军宝座！

"下一个就是你！"可可在万分失望的时刻，又想起了跳水预备队教练的话。

"下一个就是我！"可可擦干泪水，重新鼓起勇气，走向训练场地。

在第二十六届森林王国跳水比赛中，可可终于以优异的成绩夺得了冠军。当喜鹊记者采访可可的时候，他热泪盈眶地说：

"我想对所有在人生路上奋斗的朋友说：当你失败的时候，决不要放弃！只要你坚持一下，再坚持一下，'下一个成功的就是你！'"

贴心话

小朋友，让我们一起牢牢记住：当你失败的时候，决不要放弃！只要你坚持一下，再坚持一下，下一个成功的就是你！

小松鼠的红地毯

秋天到了，满山的枫树上挂满了红彤彤的树叶，在金黄色的阳光照耀下，显得格外亮丽。

"伙伴们，我们到地面上去玩吧！"起风了，枫树叶们在空中翻着筋斗，像一只只红蝴蝶，在空中翩翩起舞。

小松鼠从树洞中钻出来，看到这些飘飞的树叶，高兴地说："啊！多美的枫树叶呀！要是我能用他们做成一条红地毯，那该有多美啊！"

"嗨！松鼠大哥，我们做朋友，好吗？"枫树叶们都热情地和小松鼠打招呼。

小松鼠捡起一片小小的枫树叶，悄悄地说："我想用你们做一条漂亮的红地毯，可以吗？"

"红地毯？我们还可以做红地毯？"枫树叶眨着眼睛说，"好啊！这是多美的事呀！"

很快，这片小小的枫树叶就把这个消息传给了所有的枫树叶。

"好啊，好啊！我们就为小松鼠铺一条红地毯吧！"

所有的枫树叶排好了队，等着小松鼠来用他们做红地毯。

"做成什么形状的地毯好呢？"小松鼠想呀想，他终于想出了一种自己认为最美丽的图案——做成一条枫叶

形的红地毯。

　　当小松鼠把枫树叶摆成一条漂亮的枫叶形红地毯的时候，天已经黑了。小松鼠躺在红地毯上，欢喜地想："我要让好多好多伙伴在这上面快乐地玩耍，我要睡在这条红地毯上，做好多好多美丽的梦！"

　　"小松鼠，快把我们搬进你的洞里吧，我们怕风呢！我们怕雨呢！"红地毯上的枫树叶们都这么说。

　　"不行、不行，我得让我的伙伴们在地毯上做游戏、唱歌、跳舞……"小松鼠说。

"呼——啦啦——呼——啦啦——"

小松鼠的话刚说完，就起风了。小松鼠的红地毯，又变成了一只只的红蝴蝶，飞走了……

"我那漂亮的红地毯，就这样没有了？我那些美丽的梦，就这样飞走了？"小松鼠伤心地哭泣着。

"唰——唰——唰——"在秋风中，松树上的松针，一根一根地向下掉。

小松鼠捡起一根松针，伤心地说："小松针呀小松针，我多么想念我的红地毯呀！"

"松鼠大哥，你可以用我们串起那些枫树叶呀！这样一来，风儿就不会把他们吹走了。"小松针尖声尖气地说。

听了小松针的话，小松鼠乐得合不拢嘴。他在秋风中大喊："枫树叶啊，你们回来吧！再来让我做一条红地毯吧！"

枫树叶们听到了小松鼠的呼唤，在秋风中，他们又跳着舞，回到了小松鼠的身边。

小松鼠用一根一根的松针，把枫树叶儿一片一片地缝上。

天亮了，小松鼠终于做好了一条好大好大的红地毯。

"伙伴们，快来呀！快到我的红地毯上来玩游戏吧！"小松鼠爬上一棵松树的最顶端，大声吆喝着。

不一会儿，灰兔妹妹来了，山鸡大姐来了，猴子哥哥来了……好多好多的小伙伴，一起在红地毯上唱歌、跳舞、玩游戏……

"呼——啦啦——"又起风了。

"别怕别怕，用松针缝着，吹不走的。"小松鼠高兴地说。

"呼——啦啦——"风不停地吹着。

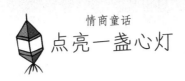
在秋风中，载着小松鼠、灰兔妹妹、山鸡大姐等伙伴的红地毯飞起来了。

"啊！我摸着白云了！"

"哇！我看见银河了！"

红地毯越飞越高，越飞越远，向遥远的童话王国飞去。

贴心话

当你快乐的时候，把快乐分享给你的朋友，这世界就多了一份快乐。

故事中的小松鼠，把红地毯上的快乐，分享给了好多好多的小伙伴。小朋友，你也愿意把你的快乐与伙伴们一起分享吗？

小海螺

  美丽的小海螺生活在一望无际的大海里。

  "宝宝啊宝宝，当你遇上敌人的时候，把头缩进壳里就安全了。"当小海螺还很小很小的时候，海螺妈妈就这样对他说。

  小海螺因为有了个坚硬的外壳，可神气了。他常向同伴们吹嘘："瞧我这铠甲，多坚硬！只要我不把头伸出来，谁也甭想伤害我！"

  "叮咚——"

  一听到响声，小海螺便赶紧把头缩进壳里去。

  "救命呀！救命呀！"是鳗鱼妹妹的声音。

点亮一盏心灯

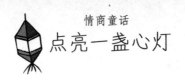

过了好一会儿，四周都安静了，小海螺才探出小脑袋，四处瞧了瞧，捂着嘴偷笑着说："幸好我把脑袋藏了起来，不然的话，可能已经成为别人的美味了！"

从此以后，只要听到什么声响，小海螺就会立即把头缩进壳里，一动也不动地等着危险过去。

"叮咚——"

又有了响声！小海螺和往常一样，又把头缩进壳里。他得意地想着："让那些没有壳的家伙，成为人家的盘中餐吧！哈哈哈！"

小海螺进入了甜甜的梦乡，他梦见自己看见了蓝天，看见了白云，看见了可爱的哈巴狗……

"这一觉睡得可真舒服呀！咦？这是什么地方？"小海螺醒了，他探出小脑袋，看着眼前这个陌生的世界：这是一家海鲜店，小海螺被摆放在玻璃缸里，玻璃缸上贴着"三十元"的标签。只听店里的老板正在叫卖："海螺！刚出海的海螺！三十元不贵哟！"

"天啊！我以为把头缩进壳里就安全了，没想到却落得被售卖的下场！"小海螺叹息着。

"妈妈，快看！多漂亮的海螺呀！我要把他买回家！"一个小姑娘的声音，吓坏了小海螺。

小姑娘把小海螺带回家，养在一个小玻璃缸里。家里养的那只猫咪来到玻璃缸前，伸出小爪子，张

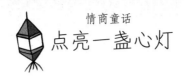

点亮一盏心灯

牙舞爪地说："当小主人不在的时候，我会把你捞出来，吃掉你的肉，然后再把你的壳当号角来吹。哈哈哈！"

"呜——呜——"小海螺伤心地哭了起来。

小姑娘听到小海螺发出的声音，飞快地跑过来，惊讶地问："咦？这小海螺是在唱歌，还是在哭泣呢？"

"我要回家！"小海螺放声大哭，"姐姐，您就把我放回大海去吧！都怪我老是把头缩进壳里！"

小海螺向小姑娘说起了自己的故事。

"小海螺，你怎么可以老是把头缩进壳里呢？"小姑娘说，"如果遇上了危险，你是看不到的呀！"

小海螺想了想，说："对呀！如果我当时不把头缩进壳里，我就能看到外面的情况，也许就不会被抓到海鲜店里去了。"

在小姑娘的帮助下，小海螺又回到了蔚蓝无边的大海里。

贴心话

小朋友，当我们遇上敌人的时候，固然应该自我保护，但如果一味地埋头躲避，而不主动面对问题，我们将永远不知道该如何去解决问题。

天使与恶魔

　　善良美丽的天使来到银河边上，她要渡过银河，到遥远的天边，去取回那颗能让整个世界充满欢乐的宝珠。

　　这时候，面目狰狞的恶魔也来到了银河边上，他也要渡过银河，到遥远的天边，去取回那根能让整个世界变成黑暗的魔杖。

　　银河边上只有一艘月亮船。这是一艘有着奇特功能的月亮船：只有坐上他，才能渡过银河。到了银河对岸，他会让坐船的人长出美丽而健壮的翅膀，飞到自己想去的地方。

天使温柔地说："让我坐月亮船吧，我会带给世界欢乐。"

恶魔咬牙切齿地说："我要坐月亮船！只有世界变成一片黑暗，才能变成我们魔界的天下。"

正当天使和恶魔争执不下的时候，月亮船说话了："你们都别争了，要想坐上我，必须带两样东西来见我：桂花树下老婆婆的七彩绣花针、幸运草精灵的紫色水晶鞋。有了这两样东西，我才能安全地渡过银河。谁得到这两样东西，我就送谁过去。"

天使和恶魔便分头去找七彩绣花针和紫色水晶鞋。

恶魔跑得比天使快，他领先一步找到了桂树下有七彩绣花针的老婆婆。老婆婆哼着小曲儿，七彩绣花针在锦缎上跳舞。

"喂！你这个又老又丑的老太婆，快把你

的七彩绣花针拿给我！不然，我让你知道我的厉害！"恶魔冲着老婆婆大喊。

老婆婆头也不抬地说："哪儿来的无礼之徒呀？赶紧拜师学艺，先学礼貌待人！"

听了老婆婆的话，恶魔暴跳如雷，他一个箭步冲上去，想要抢走老婆婆手里的绣花针。可是，一眨眼工夫，老婆婆就隐进了桂花树里不见了。

恶魔只能低声咒骂着离开了。

这时，天使也来到了桂花树下，老婆婆仍是哼着小曲儿，七彩绣花针在锦缎上跳舞。

天使轻轻地来到老婆婆身边，很温柔地说："老婆婆，我想向您要一样东西，他能让世界变成欢乐

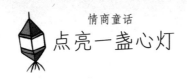
的海洋，您愿意吗？"

老婆婆笑眯眯地看着天使，说："孩子，你要什么呢？我会尽力帮助你的。"

"老婆婆，我要您的七彩绣花针，您愿意给我吗？"天使微笑着说。

老婆婆把七彩绣花针放到天使的手中，说："拿去吧，孩子，让世界早日变成欢乐的海洋！"

天使告别了老婆婆，寻找紫色水晶鞋去了。

恶魔没有得到七彩绣花针，便来到林子里转转，他希望能找到幸运草精灵。

恶魔逮住一只小松鼠，说："快告诉我，幸运草精灵在哪里？不然，我掐断你的尾巴！"

"我……我……我去帮你找……"小松鼠挣脱了恶魔的手，灵巧地在林间穿行。

小松鼠边跑边喊："大家快躲起来呀！恶魔来了！幸运草精灵，你快躲起来呀，恶魔来了！"

听到小松鼠的呼喊，小白兔躲进了蘑菇屋里，梅花鹿躲进了岩洞里……正在花瓣儿上跳舞的幸运草精灵，也赶紧藏到了一个小花苞里。

恶魔找不到幸运草精灵，气呼呼地说："找不到也不要紧，我就再去威吓一下银河边的月亮船，逼他带我过河去！"恶魔离开了林子。

天使来到了林子里。整个林子都静悄悄的，天使感到很奇怪，她轻声地呼唤着："我亲爱的朋友们，你们都躲到哪儿去了？"

听到了天使的声音，小松鼠出来了，梅花鹿出来了……幸运草精灵也出来了。

天使把幸运草精灵捧在掌心，说："精灵，我想向您要一样东西，他能让世界变成欢乐的海洋，您愿意吗？"

幸运草精灵边跳舞边说："让世界变成欢乐的海洋，是一件多么美好的事情啊！你要什么就

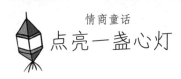

点亮一盏心灯

说吧！"

"我要您的紫色水晶鞋，您愿意给我吗？"天使微笑着说。

幸运草精灵从脚上取下紫色水晶鞋，放在天使的掌心，说："拿去吧，让世界早日变成欢乐的海洋！"

天使告别了幸运草精灵，来到银河边上的时候，看见恶魔正在和月亮船争吵：

"你再不载我过河，我会对你施魔法的！"恶魔张开了血盆大口。

月亮船说："任何魔法对我都不起作用，我只认桂花树下老婆婆的七彩绣花针和幸运草精灵的紫色水晶鞋。"

天使拿出七彩绣花针和紫色水晶鞋，坐上了月亮

船，向银河对岸驶去……

贴心话

小朋友们，当你需要向别人借东西的时候，用上"您、请、谢谢、对不起"等礼貌用语了吗？

这一则故事，不仅告诉我们要礼貌待人，还告诉我们礼貌胜过武力，光明总会照亮黑暗的。

卡卡、火火和豆豆

外星人卡卡和火火不停地擦着脸上的汗水。

"热得让人受不了，我们该去哪儿乘凉呢？"

"到人类那儿去吧，听说有冰激凌。"

卡卡和火火来到了豆豆家。

豆豆家有一个大大的冰箱，里面装满了各种味道的冰激凌，有薄荷味儿、柠檬味儿、巧克力味儿、牛奶味儿、菠萝味儿……

"卡卡，我们怎样才能吃到冰激凌呢？"火火问卡卡。

"别着急！等到豆豆打开冰箱的时候，我们就缩成小人儿，蹦进冰箱里，吃个够！"卡卡说完，和火火一起笑得直不起腰。他们躲在冰箱与墙的缝隙里，盼望着豆豆的到来。

"热死了、热死了……"豆豆嚷嚷着向冰箱走来，打开了冰箱……

"一、二，蹦！"卡卡和火火趁豆豆还在挑选冰激凌，一下子就蹦进了冰箱里。

豆豆拿出一盒菠萝味儿的冰激凌，关上了冰箱的门。

"哈哈，地球人还真会享受啊，连冰激凌也有这么多种口味。"

"终于可以吃个痛快了！"

"卡卡，你喜欢吃什么口味的？我先吃一盒薄荷味的。"

"火火，我正在吃牛奶口味的呢，味道挺香甜的。"

……

点亮一盏心灯

卡卡和火火在冰箱里的冰激凌中跳来跳去，好不快乐！

"不好了！火火，快来救救我！"卡卡掉进吃了一半的冰激凌盒子里了。

火火听到呼救，急忙赶过去，想救出卡卡。可是，倒霉的事情，偏偏在这个时候发生了：火火也掉进冰激凌盒子里去了！

卡卡和火火在盒子里挣扎着。

"火火，我的腿已经冻僵了！"

"卡卡，我的双手已经不能动弹了！"

才过一会儿，卡卡和火火都被冻得不能说话了。

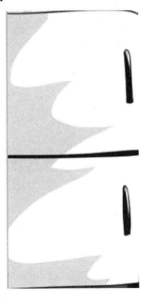

"热死了、热死了……"豆豆又打开冰箱，拿出了一盒牛奶口味的冰激凌。哎呀！正是卡卡和火火掉进去的那

一盒！

豆豆拿出冰激凌，看也没看一眼，狼吞虎咽地就把冰激凌吃完了。卡卡和火火来到了豆豆的胃里。

豆豆的胃看见进来了两个陌生人，惊奇地问道："嗨！我是胃！你们是哪里的朋友？怎么到这里来了？"

卡卡说："胃大哥啊，我叫卡卡，我们掉进了豆豆的冰激凌里，被豆豆给吞进来了。"

火火说："胃大哥啊，我叫火火，我们因为贪吃冰激凌，才落得这样的下场。"

胃大哥说："小伙子，冰品吃多了，害处可大了，千万不可贪吃啊！"

"冰激凌香呢！"卡卡说。

"冰激凌甜呢！"火火说。

"唉！"胃大哥叹了口气，说，"豆豆最爱在饭前、饭后吃冰品了，这给我们肠胃家族带来了不

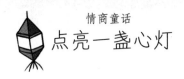
少灾难啊！"

卡卡不解地问："饭前饭后吃冰品，有什么害处吗？"

胃大哥说："饭前吃冰品，由于冷的刺激造成胃肠毛细血管收缩，影响消化功能，豆豆吃了饭，我就胀得疼啊！另外，冰激凌中含有大量蔗糖、牛奶，少量奶油和水，制作中还加有淀粉等；饭前吃冰激凌使血糖增高，食欲下降；饭后吃冰激凌，使胃部扩张的血管收缩，减少血流，妨碍了正常的消化过程。冷刺激使肠道蠕动加快，影响了营养物质在肠道中的吸收。因此，冰品不能吃得过多，更不

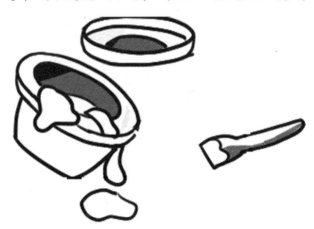

宜在饭前、饭后食用！"

"天啊！"火火尖叫起来，"我刚才吃了那么多冰激凌，那我肚子里的那个胃小弟，是不是也在叫苦了？"

"胃大哥，你的话我们都记住了。"卡卡说，"你还是想个办法，让我们出去吧！"

"唉！我又开始感觉头昏脑胀。这时候，豆豆一定有想吐的感觉，你们很快就能出去了……"胃大哥伤心地说。

没多久，胃大哥一阵紧缩，卡卡和火火就被挤了出去。

"豆豆，你怎么了？"豆豆妈妈心疼地擦着豆豆额头上的冷汗。

"妈妈，我肚子疼……"豆豆哭着说。

当豆豆妈妈带着豆豆从医院回来的时候，看到冰箱上贴着一行字：美食能适量，美味又健康！

"咦，这是谁写的字呢？"豆豆摸着脑袋纳闷。

这时，留言提醒豆豆的卡卡及火火，正从遥远的太空祝福着豆豆呢！

贴心话

小朋友，在炎热的夏天，你也很喜欢吃冰品吧？而且常常一下子就吃好多，还老是觉得吃不够，是吧？

读了这个故事，你明白了些什么？冰品不能吃得太多，就跟我们做事情一样，不论干什么，都需要有个度。古语云，过犹不及，做任何事超过了度就会适得其反了。

幸运草开花了

生机盎然的春天，渐渐离开了。当春姑娘向娜娜说再见的时候，她送给娜娜一株四叶幸运草。

"这是一株幸运草，她的第一片叶子代表'真爱'，第二片叶子代表'健康'，第三片叶子代表'名誉'，第四片叶子代表'财富'。如果你能让她开花，她就可以实现你所有的愿望。"春姑娘对娜娜说。

娜娜把幸运草种在窗台上。夜里，下了一场小雨。清晨，柔和的阳光洒在幸运草上，草叶儿绿得

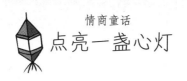

发亮，仿佛在说："我要开花！我要开花！"

"幸运草啊幸运草，你快快开花吧！我要把真爱送给我亲爱的妈妈。"清晨，娜娜对幸运草说。

"幸运草啊幸运草，你快快开花吧！我要把健康送给我亲爱的妈妈。"中午，娜娜对幸运草说。

"幸运草啊幸运草，你快快开花吧！我要把荣誉送给我亲爱的妈妈。"傍晚，娜娜对幸运草说。

"幸运草啊幸运草，你快快开花吧！我要把财富送给我亲爱的妈妈。"在甜美的梦中，娜娜对幸运草说。

"幸运草开花了！幸运草开花了！"第二天，当清晨的第一缕阳光吻醒娜娜的时候，她惊喜地看到：传说中不会开花的幸运草开花了！那浅紫色的花瓣儿上，仿佛洋溢着幸福的微笑，又好像在向全世界宣布："我开花了！我开花了！我将把幸福带到人间！"

"多么美丽的紫色花儿呀！"娜娜惊叹着，"春姑娘说，你可以帮我实现愿望，是吗？"

"可爱的小女孩，你的愿望是什么呀？"紫色花儿微笑着问。

娜娜想了想，说："我想变成一个会隐形的精灵，一直跟在妈妈的身边，让她看不到我。"

妈妈在菜园里锄草，汗水湿了衣衫。

"妈妈，您喝杯水吧！"一个熟悉的声音在妈妈的身后响起。妈妈扭过头，看见一杯热气腾腾的水，却不见人影。

妈妈笑着问："孩子，你在哪里？"

"呵呵！妈妈，我在您的身边呢！"一个声音

42

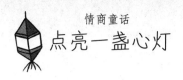

点亮一盏心灯

在空中响起。

妈妈在池塘边洗衣服，额头上流着汗水。

"妈妈，我给您擦擦汗。"妈妈感觉仿佛有一只小手在她的脸上拂过，可是当她扭过头，却什么也没有看到。

妈妈笑着问："孩子，你在哪里？"

"呵呵！妈妈，我在您的身边呢！"一个声音在空中响起。

"妈妈，祝您母亲节快乐！"母亲节那天，妈妈刚起床，她窗前的花瓶里，多了一束康乃馨。

"孩子，你怎么老是和我捉迷藏呢？"妈妈假装生气地笑着问。

"妈妈，我永远都在您的心里！"一个欢快的声音在空中响起。

贴心话

妈妈生我们、养我们，为了我们的成长，倾注了所有的心血，用她的青春换来了我们的幸福成长。

小朋友，我们要怀着一颗感恩的心，感谢妈妈，为妈妈做自己力所能及的事情，让妈妈的脸上永远洋溢着幸福的微笑。

光头小狒狒

  哈利和玛丽是一对狒狒夫妻。当玛丽怀着他们的小宝宝的时候，他们总是激动地说："我们的小宝贝，一定是世界上最漂亮、最可爱的宝宝。"

  在哈利和玛丽的期盼下，他们的宝宝出生了。哈利和玛丽给小狒狒取了个好听的名字爱丽斯。

  "哈利先生，恭喜您！您的宝宝真漂亮，她的毛是那么浓密，她的眼睛是那么明亮……"邻居羊大婶说。

  "是啊，你们的宝宝长得和玛丽一样美丽，将来一定会成为狒狒王国的王后。"邻居狗大姐说。

听了邻居的赞美，哈利和玛丽乐得合不拢嘴。

"亲爱的玛丽，谢谢你为我生了一个这么可爱的宝贝。"哈利说完，就用舌头舔了舔女儿的头。

"我会好好地爱她、照顾她，让她成为我们狒狒王国的王后。"玛丽说完，也用舌头去舔了舔女儿的头。

就这样，哈利和玛丽一有空，就用他们的舌头舔舐着爱丽斯的头和脸，以表达对爱丽斯的爱。

爱丽斯慢慢长大，必须要开始学习独自生活的能力了。可是，每当爱丽斯想和伙伴们一起出去寻找食物的时候，哈利总是说："爱丽斯，你不能去，会摔伤的。爸爸会找好多好吃的东西给你吃。"说完后，他总是把爱丽斯搂在怀里，不停地舔着她的头。

每当爱丽斯想和伙伴们一起出去玩耍的时候，玛丽总是赶紧把爱丽斯搂进怀里，边舔着她的头边说："宝贝儿，你不能出去玩，那样会弄脏你的皮

毛的。待在家里，有妈妈陪着你玩。"

日子一天天过去，别的伙伴都能自己寻找食物了，而爱丽斯却什么也不会，只能靠爸爸妈妈带回来的食物生活。

最让哈利和玛丽伤心的是，他们心目中美丽的爱丽斯，脸上和头上的毛一点点脱落，成了小光头。

"我们的女儿成了这个样子，还能做王后吗？"看着宝贝女儿成了小光头，哈利和玛丽非常伤心。

哈利和玛丽把爱丽斯带到了狒狒医生阿波特那里。

"阿波特医生，我们的宝贝女儿怎么成了光头了？"

阿波特医生向哈利和玛丽询问了一些情况，对他们一家的日常生活有所了解后，语重心长地说："你们每天用舌头舔舐着她的头部，造成了她的毛发严重脱落。是你们的溺爱害了女儿啊！"

贴心话

　　受到父母过度宠爱的孩子，往往被照顾得无微不至，难免疏于教导。这样只会养成孩子只想获得，不肯付出、不愿分享的自私心态，甚至不能面对困难与挫折。

　　小朋友，如果你也是受到父母百般呵护的孩子，现在请你也去爱你的父母，学习付出爱心、关怀别人，一定会有意想不到的改变和成长呵！

有阳光就够了

　　一阵秋风吹过，一粒种子掉进了石缝中。种子睁开眼睛，看到四周全是石头，她伤心地说："老天啊，这样艰苦的环境，我怎么生活呀？上帝啊，把幸福赐给我吧！"

　　一只小鸟正巧停在种子身旁的石头上，他说："种子啊，不要伤心，不要害怕，有阳光就够了！"

　　"是啊，有阳光就够了！"种子自言自语地说。种子微笑着，她仿佛看到自己在阳光下发出了新芽……

　　春天来了，一株嫩芽偷偷地探出脑袋，欣喜地望着这个美丽的世界。突然，一只可恶的大青虫"咔嚓咔嚓……"几口就吃掉了新芽那还没来得及伸展开来的叶芽。

光秃秃的新芽伤心地哭了："老天啊，我的命运怎么会这样悲惨呢？上帝啊，把幸福赐给我吧！"

一只梅花鹿正巧从秃芽身边经过，他说："新芽妹妹，不要伤心，不要叹息，有阳光就够了！"

"是啊，有阳光就够了！"新芽自言自语地说。新芽微笑着，她仿佛看到自己在阳光下，长出了好多绿绿的叶子，长成了参天大树……

夏天到了，大树枝头的花儿谢了，结出了好多好多果子。小果子探出小脑袋，看着这个新奇的世界。

"啊！没有谁和我作伴，没有谁帮我成长，又有狂风暴雨的袭击，我能长成一个成熟的果子吗？上帝啊，把幸福赐给我吧！"小果子问天上的流云。

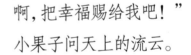

天上的流云说："小果子，不要伤心，不要害怕，有阳光就够了。"

"是啊，有阳光就够了！"小果子憧憬着，她仿佛看到了阳光，看到了阳光洒在自己身上，自己就在阳光下成长。

秋风习习，秋霜重重，山坡上的野菊花在风中摇曳。

"啊！亲爱的大地妈妈，这样萧瑟的秋风，这样重的寒霜，我能挺过这个秋天吗？上帝啊，把幸福赐给我吧！"野菊花伤心地呼喊着。

大地妈妈说："小菊花，不要哀怨，不要忧伤，有阳光就够了。"

"是啊，有阳光就够了！"野菊花说，"让心中的那缕阳光照亮自己，顶过了秋霜，我就是生活的强者了。"

寒风呼呼地刮，大雪纷纷落下，鸟儿归了巢，松鼠进了洞……只剩下那棵枯树在寒风中哭泣："老天啊，这就是我最终的归宿吗？上帝啊，把幸福赐给我吧！"

一个强有力的声音在空中响起："不要祈求上

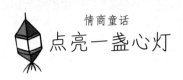

帝赐给你多少幸福；上帝给每个人最宝贵的东西，就是那缕永远明亮而温暖的阳光。记住：有阳光就够了！"

"是啊，有阳光就够了！"枯树自言自语地说。枯树微笑着，她仿佛看到一缕缕阳光照在自己身上，她的心变得温暖而明亮，她仿佛看到了希望……

贴心话

是什么让人们在逆境中能够勇敢地走下去？是心中的那一缕阳光，那一缕希望之光。

小朋友，我们都要心怀阳光，怀着希望，信心百倍地迎接生活中的每一天！

自私的花精灵

　　花精灵拥有一座非常漂亮的大花园，一年四季鲜花盛开；蜜蜂在花园里欢唱，蝴蝶在花园里舞蹈，鸟儿也在花园里叽叽喳喳地讲着好听的故事……

　　"哼！我的花园为什么会开出七彩的花儿？那些颜色，可是我历尽千辛万苦，从太阳岛上寻来的！我怎么可以让他们白白地享受？"花精灵从他的花房里探出脑袋，看着快乐的蜜蜂、蝴蝶，还有鸟儿们，感到非常生气。

　　于是，花精灵就把红、橙、黄、绿、蓝、靛、

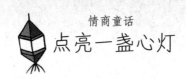

点亮一盏心灯

紫等颜色都收进了他的花房；他得意地想："以后，谁也别想再白白地享受我的这些颜色了。"

伴着小黄莺的歌唱，春天来了。花精灵的大花园里，传来了好多愤怒的声音：

"没有了绿色，我们不能抽出新芽。"花树们说。

"没有了黄色，我怎么开花呀？"迎春花说。

"我需要的红色到哪里去了？"杜鹃花说。

日子一天一天过去了，花精灵的大花园里，没有一朵花儿开放。

成群的小蜜蜂提着蜜桶飞来了。可是，他们没有看到鲜花，只好失望地离开了。

成群的蝴蝶来到大花园，准备在花丛中展示一下自己优美的舞姿；可是，她们没有看到鲜花，也失望地飞走了。

成群的小鸟儿飞进大花园，原本是想来听听蜜蜂唱歌，看看蝴蝶跳舞，想来讲讲自己在山林里听来的新鲜事；可是，他们看

见这大花园里既没有鲜花，也没有蜜蜂和蝴蝶，也失望地飞走了。

花精灵的大花园里，没有一朵盛开的鲜花，谁也不愿意来这里玩耍。花精灵寂寞极了，他伤心地说："是不是我太自私了？我应该把这些颜色拿出去，和朋友们一同分享呀！"

于是，花精灵又把红、橙、黄、绿、蓝、靛、紫等颜色，放进了大花园里。一瞬间，山茶花、杜鹃花、郁金香都开了……红的花儿、黄的花儿、蓝的花儿……全都绽开了！

一只从空中飞过的百灵鸟，看见花精灵的大花

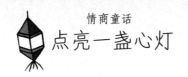

点亮一盏心灯

园里开满了鲜花，他飞快地把这个消息传遍了整个世界——蜜蜂来了、蝴蝶来了、鸟儿来了……

于是，花精灵的大花园里，又有蜜蜂在欢唱，蝴蝶在舞蹈，鸟儿在叽叽喳喳地讲着好听的故事了……

贴心话

小朋友，当你有了好玩的玩具的时候，你愿意拿出来和朋友们一起分享吗？当你有了一本好书的时候，你愿意拿出来和朋友们一起阅读吗？

你可曾想过，你和朋友都拿出好玩的玩具，你们就拥有了两种玩具；你和朋友各自拿出一本好书，你们就拥有了两本好书。把你的东西拿出来，和朋友们一起分享，你会得到更多的快乐。

串串幸运星

女孩儿喜欢雨，她的名字也叫小雨儿。

小雨儿的眼睛看不见，她看不到雨，只能听着雨敲打着窗棂的"滴答、滴答"声。

每当下雨的时候，小雨儿就会在窗前，数着那清脆的"滴答"声："一、二、三……"这时候，小雨儿会对自己说："妈妈活着的时候告诉我，数到九千九百九十九的时候，我的愿望就能实现！"

可是，小雨儿常常数不到一千，就靠着窗台沉沉地睡去了。当小雨儿醒来的时候，雨已经停

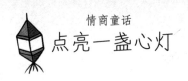

点亮一盏心灯

了。小雨儿就叹息着："什么时候，我才能数到九千九百九十九呀？什么时候，我才能实现自己的愿望呢？"

这一天，又下雨了。长着翅膀的雨精灵，来到了小雨儿的窗前，他听到了小雨儿柔弱的声音："一、二、三……我一定要数到九千九百九十九……"

雨精灵拍拍美丽的翅膀，那一滴滴小雨点儿，就变成了一颗颗五彩的幸运星，一串串地挂在小雨儿的窗前。

一阵风吹来，幸运星相互碰撞，唱出只有小雨儿才能听懂的歌谣："小雨儿啊，你别伤心，向幸运星许下你的心愿，你能听到蟋蟀弹琴，你能看到满天繁星……"

小雨儿轻声地念着："幸运星啊幸运星，为窗外那只小鸟找到妈妈吧！他整天伤心地哭泣着。"

幸运星唱起了动听的歌谣："我们会为小鸟找到妈妈！小雨儿啊，你还有什么愿望？"

小雨儿轻声说："给墙角那只断了腿的蚂蚁一

对翅膀吧！他说他想翻过对面的山坡，去看看山那边的世界。"

幸运星唱起了动听的歌谣："我们会给蚂蚁一对翅膀！小雨儿啊，你就没有属于自己的愿望吗？"

小雨儿轻声说："小鸟的愿望就是我的愿望，小蚂蚁的愿望也是我的愿望。只要他们的愿望实现了，我的愿望就实现了！"

小雨儿的愿望，感动着串串幸运星。幸运星中最美丽、最明亮的那两颗，离开那成串的

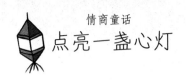

幸运星，飞到了小雨儿的眼睛里——小雨儿拥有了一双漂亮的大眼睛！

贴心话

　　小朋友，美好的愿望，并不一定都是为自己而许下的。正如故事中的小雨儿所说的："小鸟的愿望就是我的愿望，小蚂蚁的愿望也是我的愿望。只要他们的愿望实现了，我的愿望就实现了！"

　　原本最需要得到光明的小雨儿，却为别人许下了美好的愿望，难道还不足以感动那些幸运星吗？

我也做了一回魔鬼

“妈妈，我要出去玩一会儿！整天待在屋子里，多闷呀！”香香猪噘着圆圆的小嘴儿对猪妈妈说。

猪妈妈指着香香猪的鼻子说：“别出去！小心遇上魔鬼，把你烤成炭烧猪吃掉。”

可是，外面的世界多美妙呀，香香猪想出去玩呢！

趁猪妈妈不注意，香香猪撒腿就跑，跑到一片林子里才停了下来。忽然，香香猪听到“嚓嚓嚓——”的响声，他顺着发出响声的地方看

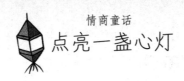

点亮一盏心灯

去，只见一棵大树后面，有一条大尾巴一摇一晃的。

"天啊！是不是妈妈说的魔鬼出现了？"香香猪吓出了一身冷汗，"要是被魔鬼捉去，烤成炭烧猪，再被一块一块地吃掉，多难受呀！"

香香猪吓得两腿直打哆嗦，几乎迈不开步，又害怕魔鬼钻出来，他吓得直哭："妈妈！妈妈！快来救我呀，我遇上魔鬼了！"

"香香、香香，你怎么了？"猪妈妈赶来了，只见一条大尾巴也匆匆地离去。猪妈妈的叫声，似乎吓跑了那只"露出尾巴的魔鬼"。

"啊？原来是只小松鼠！"看清了大尾巴的真面目，香香猪撇了撇嘴巴。

回到家里，猪妈妈对香香猪说："看把你吓成这模样，不要再出去了。

如果真遇上魔鬼，一定会把你抓去烤着吃。"

可是，香香猪一心想着到外面的世界去玩耍呢！他趁着猪妈妈外出种地的时候，又一溜烟跑了出去。

香香猪在林子里捡到一顶破草帽。他把破草帽戴在头上，神气地对自己说："呵！我一身黑装，加上圆圆的大肚子，再佩上这顶草帽，不就像卡通画里的海盗了吗？"

"窸窣——窸窣——"又一阵声音在不远处响起。香香猪的四条小腿，又在发抖了。

"香香、香香，不要怕！不要怕！"香香猪不断地给自己壮胆："我是江洋大盗，我什么也不怕！"

"啊——妈妈，快来呀，我遇上魔鬼了！"只见一只小白兔边跑边喊："我遇上魔鬼了！"

原来，刚才弄出"窸窣——窸窣——"响声的，是一只小白兔。

"哈哈哈，没想到，我也做了一回魔鬼！"香香猪笑得直不起腰，乐得在地上不停打滚。

贴心话

有人说："世上没有鬼，如果真有鬼的话，那就是你的心里有鬼。"香香猪看到一条大尾巴的时候，没有仔细观察、认真分析，而误认为那就是魔鬼，结果虚惊一场；小白兔也犯了和香香猪同样的毛病。

因此，我们不管遇到什么事情，都要仔细观察、认真分析，不要鲁莽行事。

杜鹃花为什么这样红

又到了杜鹃花开的季节。满山的杜鹃花，一簇接一簇，白的像雪，红的像火，鲜艳夺目。

"妈妈，我们家门前的那一簇杜鹃花，为什么红得格外鲜艳、格外美丽呢？"有一天，一棵小枫树眨着眼睛，不解地问枫树妈妈。

"孩子，你不知道，我们家门前那簇杜鹃花呀，本来是白色的……"说着，枫树妈妈的眼眶里盈满了晶莹的泪水，"孩子啊，这背后有一个动人的故事……"

"去年春天，在杜鹃花开得最艳的时节，我们家门前的杜鹃花也开得雪白雪白的。有一天，来了一位年轻漂亮的女子，她来到杜鹃花旁，俯下身去，轻轻地嗅了嗅，用她那好听的声音说：'真漂亮，真香，要是他也能来看一看、闻一闻，那该多好啊！'"

"妈妈，漂亮女子说的那个'他'是谁呢？"小枫树问。

"孩子，当时我想，那个'他'可能是她的好朋友，也有可能是她的孩子或亲人。我原本以为她是来采摘杜鹃花的，可是，她没有摘杜鹃花。"枫树妈妈继续说，"只见她站起身来，四处张望，并自言自语地说：'哪儿才有呢？'听了她的话，我才知道她是为了寻找别的东西而来。"

"她要找什么呢？"小枫树忍不住又插了一句。

"是啊，我也在想，她在找什么呢。"枫树妈妈说，"忽然，她惊喜地叫了起来：'找到了！找到了！'听她这样一说，我也为她高兴。可是，只一会儿工夫，

失望又写在她的脸上。"

"妈妈，她怎么了？"

"只听她自言自语：'这么陡的坡，我怎么能采到他们呢？'她要采什么呢？我猜，她一定是在为她的亲人或是孩子采药来的；因为，在这之前，有好多人来这儿寻过那种我也不知道名字的草药，都说是采来接骨用的。不过啊，每次来采药的都是壮汉，像她这么漂亮又柔弱的女子，是不可能爬上那么陡的山坡的。"

"妈妈，她就这么失望地走了吗？"小枫树问。

"孩子，她可是个勇敢的女子啊！她费了九牛二虎之力，才爬上了坡……"

"她采到药了吗？"

"唉！"

"妈妈，她怎么了？"

"就在她准备采草药的时候，不幸的事情发生了……"枫树妈妈低声抽泣着。

"妈妈，她到底怎么了？"

"她不小心摔了下来……"枫树妈妈说，"她正好摔在我们家门前那雪白的杜鹃花上，鲜血染红了杜鹃花……"

"她为了自己的亲人，牺牲了自己。"小枫树说。

"不，孩子，你错了。"枫树妈妈对小枫树说，"来寻找她的人很多，他们都很感动。原来，她不是为了自己的亲人，也不是为了自己的孩子，而是为她的学生寻草药。因为那学生摔断了腿，又是一个无父无母的孤儿……"

"哦，原来她是老师。妈妈，她就这样离开人世了吗？"

"孩子，她是那样的伟大、那样的无私，林子

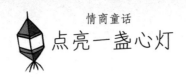

点亮一盏心灯

里的灵芝仙子知道了这件事，用自己的灵气救活了她。看，那株本来每年都开白花的杜鹃，今年也开出了红花，红得那样灿烂，红得那样美丽，不就是老师那慈爱光辉的象征吗？"

贴心话

　　杜鹃花为什么这样红？那是女教师的鲜血染红的。世界为什么这么美丽？那是奉献者用心血浇灌出的美丽花朵，开遍了世界的每一个角落。

　　小朋友，请你想一想，我们可以怎样让世界更美丽呢？

想念青草的味道

初夏时节，绿树成荫。棕熊吉比在一棵大树下喘着粗气，他口渴了。

"啊，多么清凉的溪水呀！"吉比来到小溪边上，"咕咚、咕咚"地喝起了水。

吉比喝足了水，一阵风儿吹来，清香的蜂蜜味儿，让吉比陶醉了："绕过小溪，再爬上崖壁，尝尝蜂蜜的味道吧！"

吉比攀上高高的崖壁，找到了那个大大的蜂巢，他可兴奋了，因为他马上就可以吃到既可口又有营养的蜂蜜了。

点亮一盏心灯

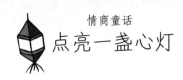

"砰——砰——"两声枪响，从离崖壁不远的密林中传出来，吉比中弹了。

"咚——"的一声闷响，吉比从崖壁上掉了下来。不过，他很快回过神来，怒吼一声，朝密林中冲去。

人们都知道，没有被击毙的熊，发起怒来，是好几个人都无法抵挡的。刚才开枪的人，可能害怕受伤的吉比，已经在吉比扑进密林前，逃得无影无踪了。

吉比伤势过重，流血太多，他倒下了。

"熊大哥，你醒醒——"

吉比在温柔的呼唤声中醒来了。吉比感受到了夏日的清凉，他闻到了花儿的清香，他的嘴里，还有淡淡的青草

味儿。

"熊大哥，你终于醒来了。"吉比的身边，是一只忽闪着红眼睛的小兔子。小兔子又把一撮嫩嫩的青草放进吉比的嘴里，说："我叫噜噜。熊大哥，我知道你喜欢吃肉，但是，我不会捕猎，我最好的东西，就只有这青草了。"

吉比嚼着青草，感觉很温暖。

吉比发现，自己躺在一间小木屋里。这是在他倒下后，小兔子噜噜为他新建的一间小木屋。

"噜噜，搭这间小木屋，真是难为你了。"吉比说。

噜噜说："我找了好多兔子兄弟姐妹来帮忙，搭了三天三夜呢。熊大哥，我很喜欢这间小木屋，你喜欢吗？"

吉比心里一酸，眼泪在眼眶里打转，他说："喜欢，喜欢，真的好喜欢。"

噜噜提着竹篮出去了。回来的时候，噜噜提着

一篮子不知名的青草回来。噜噜用一根木杵不停地捣着这些青草，这些青草散发着药香味儿。

噜噜摘下一张大大的叶子，把这些捣出了汁儿的散发着药香味儿的青草，放在叶子上，然后盖在吉比的伤口上。

"熊大哥，不要害怕，别小看这些青草，他可以治好你的伤呢。"噜噜说。

吉比闻着青草发出的淡淡的药香味儿，心中涌起一股热流。

日子一天天过去了，吉比是在淡淡的青草味儿中度过的。每天，他吃的是噜噜带回来的青草，嚼在嘴里，一股淡淡的清香。他的伤口上，贴的也是噜噜带回来的草药，用鼻子嗅一嗅，一股淡淡的药香味。

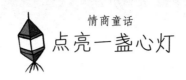

点亮一盏心灯

一天清晨，吉比在鸟儿的欢歌中醒来，他没有听到噜噜那声甜甜的"早安"，也没有看到噜噜忙碌的身影。吉比的身旁，放着那个装满青草的竹篮。

吉比捧起竹篮里的青草，闻了闻，有一股淡淡的药香味儿，这是用来给他治伤用的。

在噜噜的照顾下，吉比已经能够自由活动了。本来，吉比打算，等自己伤好了，就带着噜噜到很远很远的地方去旅行，他们一生都要做最好的朋友。

可是，噜噜却不知道去了哪里。

日子一天天过去了，吉比离开小木屋后，也时常回到小木屋看看，他多么希望看到噜噜在那里等他呀。

秋天到了，在一个枫叶飘飞的日子里，吉比又来到了小木屋，他还是没有看到兔子噜噜。

吉比捡起一片枫叶，开始给噜噜写信："亲爱的噜噜，你的熊大哥吉比想念你了。我好怀念住在小木屋里的日子，好想念青草的味道……"

贴心话

棕熊吉比为什么会想念青草的味道？因为这淡淡的青草味里，散发着友情的芬芳。透过友情的芬芳，我们能感受到兔子噜噜那颗真诚的爱心。

孩子，在你的生活里，你为别人留下过芬芳吗？也有一种让你想念的味道吗？

贝贝猪的快乐新年

"红萝卜，津津甜，盼着盼着要过年。剪窗花，贴对联，放礼花，祭祖先，倒贴福字吃汤圆儿……"

过年了！过年了！猪爸爸忙着祭祖先、贴对联，贝贝猪忙着帮猪妈妈贴窗花、准备年菜。

吃过年夜饭，小猪猪们玩着钻地鼠、冲天炮、风车转转、七彩霓虹……各色烟火，把天空点缀得比小猪猪们的衣服还美丽。

"拜年了！拜年了！"大年初一的早晨，贝贝猪起了个大早，他开心地想着："今年买玩具的钱，全靠今天的红包了。"

　　贝贝猪来到猪外婆家。"外婆、外婆，我来了！"

　　外婆拿出红包，递给贝贝猪："小乖乖，拿去过个快乐年吧。"

　　贝贝猪伸手想去接红包，可是，红包却飞了起来。贝贝猪想去追，一不小心，摔了个"猪啃泥"。红包笑呵呵地说："摔个跟头，算是给外婆磕头！"

　　"本来想不磕头就把红包拿到手，看来是不行的。"贝贝猪小声唠叨着。

　　听了贝贝猪的唠叨，红包说："不磕头，鞠个躬说声'恭喜发财'也行呀！再不，说声'新年快乐、万事如意'也可以呀！如果你再想白拿红包，我就再让你摔跟头。"

　　贝贝猪又去给猪叔叔、猪婶婶们磕头拜年："新年快乐，万事如意，恭喜发财……"贝贝猪得到了好多好多红包。

　　"这么多红包，我可以买好多零食吃了。"贝

点亮一盏心灯

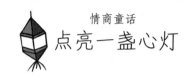

贝猪乐呵呵地数着手里的钱。

贝贝猪来到"美食店"，买了好多零食，一个人待在花园里吃啊吃啊，吃得肚子圆滚滚的。

"哎哟，肚子疼死了！"零食还没有吃完，贝贝猪捂着肚子，呻吟了起来。

"我是你肚子里的洋芋片。"

"我是你肚子里的巧克力。"

"我是你肚子里的跳跳糖。"

……

天啊！贝贝猪肚子里的零食在闹革命了。他们在贝贝猪的肚子里唱歌、跳舞，还玩武术，折腾得贝贝猪直喊"疼啊、疼啊！"

猪妈妈赶忙把贝贝猪带到猪医生那儿。

"零食也得省着点吃呀！你是我今天的第九十九位小病号，前面的九十八个小家伙，都是因为一下子吃得太多。"猪医生那双小眼睛，透过眼镜，盯着贝贝猪。

猪医生要贝贝猪接受打针。贝贝猪来到注射室，看见猪护士举着胳膊般的大针管，吓得直喊："别打呀！我再也不敢这样大吃零食了！"

贝贝猪挨了针，揉着很疼的屁股回到家。他摸着红包里那些还没有用完的压岁钱，小声嘀咕着：

"零食不能吃了，怎么用这些压岁钱呢？"

猪爸爸对贝贝猪说："乖乖，你就想个办法，让这些压岁钱回家吧！"

贝贝猪傻傻地对眼前这些红包说："爸爸说让你们回家，那你们就回

去吧！"

一个红包跳起来，点着贝贝猪的鼻子说："你真是笨笨猪！让我们这样回家，多没意思呀！"

又一个红包跳起来，扯着贝贝猪的耳朵说："呆呆猪，你还是把我们变成礼物，再送回去吧！"

贝贝猪拍拍脑袋，大喊一声："对呀，把他们变成礼物，送回家！"

贝贝猪来到书店，买了几本精彩的《哆啦Ａ梦》，又来到超市，买了营养品、酸痛膏药等，然后飞快地跑回家。

"外婆，您常常腿疼，这是我给您买的膏药。"贝贝猪把酸痛膏药放到外婆手中，乐得外婆脸上的笑容像绽开了的花朵。

"婶婶，这几本《哆啦Ａ梦》，就送给小弟弟吧，他最喜欢看这个了。"贝贝猪把《哆啦Ａ梦》送给了猪婶婶家的猪小弟，猪小弟乐得手舞足蹈。

"奶奶，您身子不好，又没人照顾，我给您送

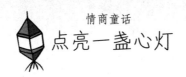

点亮一盏心灯

来一点儿营养品，您可要好好保重身体呀！"贝贝猪把营养品送到隔壁独居的猪奶奶家，感动得猪奶奶的眼眶里含着晶莹的泪水。

新年一天天过去了，贝贝猪的红包也用完了，但他很快乐。

贴心话

小朋友们，要学会用自己的压岁钱哟！虽然用压岁钱买不到快乐和幸福，但是，我们却可以用压岁钱做一些有意义的事情。

除了像贝贝猪那样为身边的人买礼物之外，还可以把压岁钱捐给那些需要帮助的贫困孩子，让他们也能像我们一样读书、识字，过着幸福的生活。别人快乐了，我们不也会感到快乐吗？

玫瑰仙子

　　"要是妈妈还在，那该有多好啊！"晶晶常常在玫瑰花树下叹息。

　　晶晶还很小的时候，妈妈就被病魔夺去了生命。晶晶还记得，妈妈在世的时候，很喜欢玫瑰花，还种了一株好大的玫瑰花树。

　　每当玫瑰花开的时候，妈妈就带着晶晶来到花树下，对她说："晶晶，闻闻玫瑰花的香味，你会长得像玫瑰花一样美丽的。"晶晶总是会调皮地对妈妈说："妈妈，您比玫瑰花还美呢！"这时晶晶就会发现，妈妈的脸上洋溢着幸福的微笑……

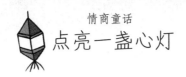

点亮一盏心灯

如今，那些都成了晶晶最忧伤的回忆。

"要是妈妈还在，那该有多好啊！"又是一年春天来到，晶晶在开满玫瑰花的花树下叹息着。在春天里，晶晶特别想念妈妈，想念和妈妈一起闻玫瑰花香的日子。妈妈走后，留给晶晶的除了一个爱她的爸爸外，就只有这株玫瑰花树了。晶晶把这株玫瑰花树当成了妈妈的化身，有什么烦恼就向花树倾诉，有什么快乐就和花树一同分享……

"晶晶啊！你有什么烦恼就说吧！"一个温柔的声音从花丛中传出来。

"您是谁呀？"晶晶胆怯地问。

"晶晶，我是玫瑰仙子。你有什么烦恼就说吧，或许我能帮助你。"玫瑰仙子说。

"明天要参加歌唱比赛了，可是，我还没有一件漂亮的衣裳。要是妈妈还在，那该有多好，她一定会为我准备一件漂亮的衣裳的。"晶晶说。

"晶晶，你的歌声是多么的悦耳动听，你一定要去参加歌唱比赛。你放心地去睡觉吧，明天早上，你会有一件漂亮衣裳的。"玫瑰仙子说。

第二天，晶晶一觉醒来，发现床边多了一件漂亮衣裳。仔细一看，颜色红红的，红得像玫瑰花瓣儿；摸一摸，柔柔的，柔得像玫瑰花瓣儿；闻一闻，香香的，香得像玫瑰花瓣儿……

晶晶急忙跑到玫瑰花树旁：昨天还开满枝头的玫瑰花，现在一朵也没有了，只剩下满树的绿叶向她点头问好。

"都是我不好，我不该去参加歌唱比赛的。"晶晶哭了。

"好晶晶，别哭，明年春天，我还会回来的……"玫瑰仙子的声音，越来越远……

又一个春天，在晶晶的期盼中姗姗而来。玫瑰花树上的花苞，在晶晶的细心呵护下，一个接一个地绽开了红红的笑颜。

"玫瑰仙子,您来了吗？"晶晶对着玫瑰花树问。

"晶晶，谢谢你的呵护，我回来了。"玫瑰仙子温柔的声音在花丛中响起。

"玫瑰仙子，我能叫您一声妈妈吗？"

"好啊！我有这样乖巧的女儿，真是我的福气！"

"我觉得好幸福呵！我又有妈妈了！我又有妈妈了！"晶晶乐得合不拢嘴。

可是，没过几天，晶晶哭着来到玫瑰花树下。

"我的乖女儿，你怎么了？"玫瑰仙子关切地问晶晶。

"有好多同学……都不和我玩……他们说我……"晶晶伤心得说不出话来。

"好晶晶，乖晶晶，你慢慢说，同学们为什么不和你玩呢？告诉我，看看我能不能帮你想想办法。"玫瑰仙子安慰着她。

"他们都说我身上有臭味。我从他们身边走过，他们就用手捂着鼻子，还不停地喊'臭死了，臭死了'……"晶晶哭得更伤心了。

"晶晶别难过，去睡

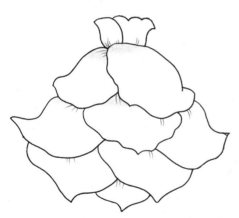

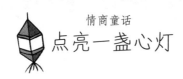

点亮一盏心灯

吧！明天还要上学呢，可别耽误了功课。过了今晚，一切都会好起来的。"在玫瑰仙子的劝说下，晶晶进屋睡觉了。

第二天，晶晶满怀心事地来到学校，她害怕同学们说她臭，便处处躲着同学们。但奇怪的是，晶晶越是躲，同学们就越是靠近她，还不断听见有同学说："晶晶好香呢！"

"我真的很香吗？"晶晶对自己说："如果真是那样，我身上的香味是从哪儿来的呢？"晶晶仔细闻着自己身上的香味：啊？这不是玫瑰花香吗？难道……

放学了，晶晶飞快地跑回家，来到玫瑰花树下。令晶晶伤心的是：花树上的每一朵玫瑰花都不再有以前那般馥郁的芳香了。

"玫瑰妈妈，都怪我不

好，让您不再有香味了。"晶晶哭着说。

"孩子，别难过。虽然我身上没有了香味，但我的付出能让你更有自信，我就感到很欣慰。只是，我没有了香味，你还会爱我吗？"玫瑰仙子轻声说。

"玫瑰妈妈，您的美丽只有我能看见，您的香味只有我能闻到，您永远是我最亲爱的妈妈！"

贴心话

小朋友，你爱自己的妈妈吗？在生活中，妈妈总是无微不至地照顾着我们，就像故事中的玫瑰仙子一样，为了儿女，可以奉献出自己的一切。

好好爱我们的妈妈吧，即使她不再美丽，她也是我们最亲爱的妈妈！

花蝴蝶，蝴蝶花

花蝴蝶有许多美好的愿望：她要飞遍大江南北，她要为每一个朋友做一件好事，她要把美丽带到世界的每一个角落……

"蒲公英姐姐，我能帮您做点儿什么吗？"花蝴蝶问蒲公英。

蒲公英说："谢谢您，花蝴蝶。如果方便的话，就帮我捎去一句话，给住在山那边的姊妹们，说我很想念她们。"

花蝴蝶一路唱着歌儿，飞到山的另一边，给蒲公英的姊妹们捎去了甜甜的问候。

"榕树爷爷，我能帮您做点什么吗？"花蝴蝶来到榕树爷爷的身边。

榕树爷爷说："谢谢你，花蝴蝶。如果方便的话，就对鸟儿们说，让他们来和我作伴吧，我这儿是他们快乐的天堂。"

花蝴蝶一路唱着歌儿，碰到鸟儿就说："到榕树爷爷那儿去吧，那儿是你们的天堂。"

"山坡大叔，我能帮您做点什么吗？"花蝴蝶问光秃秃的山坡大叔。

山坡大叔说："谢谢你，花蝴蝶。如果方便的话，就给我带些花草树木的种子来吧，我这儿有大片的土地等着他们呢！"

飞啊飞啊，花蝴蝶来到野百合的身边，对野百合说："百合姐姐，给我一些种子吧，山坡大叔需要呢！"野百合给了花蝴蝶一些种子。花蝴蝶带回野百合的种子，种在山坡大叔的怀抱里。

    飞啊飞啊，花蝴蝶来到榆钱树的身边，对榆钱树说："榆钱树哥哥，给我一些种子吧，山坡大叔需要呢！"榆钱树给了花蝴蝶一些种子。花蝴蝶带回榆钱树的种子，种在山坡大叔的怀抱里。

    飞啊……飞啊……花蝴蝶不知飞过了多少地方，不知向多少朋友要了多少种子，都种在山坡大叔的怀抱里了。

    "谢谢你，花蝴蝶。"山坡大叔感激地说。

    "别客气。等到明年，在您的怀抱里，一定有一个最美的春天。"花蝴蝶对山坡大叔说。

花蝴蝶飞啊飞，她要去实现自己的愿望，把美丽带到世界的每一个角落。

花蝴蝶飞啊飞……哦，起风了，天上布满了乌云，在花蝴蝶急急忙忙往家里赶的路上，下起了大雨。

"妈妈……救救我呀……妈妈……"有个细小的声音从下方传来。

花蝴蝶仔细一看，啊！是一只在雨中挣扎的小蜜蜂，怎么也飞不起来。"小蜜蜂，你怎么了？"花蝴蝶顾不得赶路，在小蜜蜂的身边停了下来。

"蝴蝶姐姐，我的翅膀受伤了；如果风雨不停的话，恐怕是飞不起来了……"小蜜蜂伤心地说。

"别急，有我在呢！我会帮你的。"花蝴蝶用身子护住了小蜜蜂。

"蝴蝶姐姐，您还是赶快走吧！这么猛的风，这么大的雨，您也会经受不起的啊！"小蜜蜂说。

"别怕，你就在我的翅膀下安心躲雨吧，我没事的。"

小蜜蜂累了，在花蝴蝶的翅膀下，甜甜地睡着了……

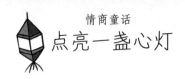
点亮一盏心灯

风止了，雨停了，小蜜蜂醒来了。可是，美丽的花蝴蝶，却永远地离开了这个美丽的世界……

第二年春天，在花蝴蝶离开的地方，开出了许许多多小花；微风吹过，就像无数美丽的花蝴蝶在风中飞舞，人们都叫他蝴蝶花。

每年蝴蝶花开的时候，就有许多小蜜蜂在花丛中飞来飞去，还唱着动听的歌谣："花蝴蝶，真美丽……"

贴心话

小朋友，你的愿望是什么？花蝴蝶的愿望，是要飞遍大江南北，要为每一个朋友做一件好事，要把美丽带到世界的每一个角落。

花蝴蝶的愿望实现了。虽然她的身体离开了这个美丽的世界，但是她的精神却像满山的蝴蝶花，绽放在山野，绽放在我们每个人的心里。

长鬃马和匆匆蚁

浑身雪白的长鬃马，常常很神气地抖擞着他那白得发亮的长鬃毛，对伙伴们说：

"瞧瞧我这强壮的身体，瞧瞧我这漂亮的鬃毛，再瞧瞧你们那副丑样，简直是天壤之别呀！"

可是，伙伴们都知道，长鬃马是最不爱劳动的家伙。

一只匆匆蚁拖着一条菜青虫，吃力地朝自己的洞口走去。

"哟！匆匆蚁，瞧你那费力的样子，真好笑。"长鬃马歪着脑袋，对匆匆蚁说。

"长鬃马先生，您除了会取笑别人之外，还会做点什么呢？"匆匆蚁趁着歇脚的工夫，笑呵呵地说，"我能搬动比自己的身体重十倍的东西，您能吗？"

匆匆蚁的话，激怒了长鬃马。只见他扬起前蹄，长嘶一声，很不高兴地说："你一只小小的蚂蚁，能和我比吗？就是一千只蚂蚁，也比不过我。"

于是，长鬃马和匆匆蚁约定：用一千只蚂蚁和长鬃马比赛，把相同重量的爆米花从山脚搬到山顶。

约定的时间到了，一千只蚂蚁排得整整齐齐，作好了与长鬃马比赛的准备。

比赛开始了，匆匆蚁指挥着蚂蚁们井然有序地开始了工作。蚂蚁们三个一伙、五个一群地结伙而行，抬一个爆米花，"嘿哟、嘿哟"地朝山上走去。

长鬃马在一旁看着蚂蚁们匆匆忙忙的样子，冷笑道："瞧这帮不自量力的家伙，三五成群抬一个

点亮一盏心灯

爆米花，还敢和我比？就让他们瞎忙吧，这一点儿东西，我一下子就驮到了山顶。"

于是，长鬃马就在一旁闲逛，一会儿走到这群蚂蚁跟前说："哈哈，好家伙，五个抬一个爆米花。"一会儿又走到那群蚂蚁跟前说："嘿嘿，了不起，三个抬一个爆米花。"

面对长鬃马那副不可一世的样子，匆匆蚁没有生气，只是一笑而过。

眼看着蚂蚁们快要把爆米花运完了，长鬃马才把他那一袋爆米花驮在背上，不屑地说："小不点儿们，看我的。"

可是，长鬃马只走了几步，就开始感到吃力了。

匆匆蚁走到长鬃马面前，好心地说："长鬃马大哥，我们快运完了，需要我帮忙吗？"

"去去去，小家伙，可别小看我啊！"

长鬃马不屑一顾地说。

长鬃马还没到山腰，就再也走不了了，只好停下来歇息。长鬃马眼见着蚂蚁们抬着一个个爆米花从身边经过，而他，再也没有力气站起来了。

"唉！平时多运动，就不至于落到这种被蚂蚁笑话的下场了。"

贴心话

小朋友，每个人都有自己的优点，也有自己的缺点，不要随意嘲笑那些看起来不如自己的人。

俗话说："团结力量大"。团结的力量是不可忽视的，只要我们团结一心，就能战胜一切看起来不可克服的困难。

星儿星儿，你静静地听

夜深了，一只小蚂蚁迷路了，他在草地上伤心地哭泣。

一阵风儿吹过，一片黄树叶轻飘飘地从树上落下来，正好落在小蚂蚁的身旁。

"小家伙，你哭什么呀？"叶子问哭泣的小蚂蚁。

"我找不到回家的路了。"小蚂蚁说。

"别哭别哭，我陪着你，好吗？"叶子安慰着小蚂蚁。

小蚂蚁躺在叶子的怀里，还在不停地抽泣，他说："叶子姐姐，没有月光的夜晚，我怕黑。"

"萤火虫，挂灯笼，不在屋檐下，一闪一闪在夜空。"一只萤火虫唱着歌飞过来了，他说："谁怕黑呀？我来帮他照亮。"

"萤火虫啊，萤火虫，你来的可真是时候啊，这只迷路的小蚂蚁怕黑呢！"叶子高兴地说。

萤火虫在树叶上停住了脚步，她说："我的光太微弱了，我去把姊妹们也叫来吧！"说完，萤火虫又唱着歌飞走了。

过了一会儿，夜空中飞来好多萤火虫，他们把树叶围了起来；整个树叶上灯火通明，远远望去，就像一张娃娃的笑脸。

一只漂亮的蟋蟀拉着小提琴，姗姗而来，她高

兴地说："啊！这么热闹的晚会，怎么不通知我呀？"

"欢迎蟋蟀小姐的到来，小蚂蚁寂寞着呢，你来演

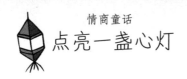

奏一首曲子吧！"一只萤火虫说。于是，蟋蟀小姐就拉起了《星儿星儿，你静静地听》。

"我最爱唱歌了，正好蟋蟀小姐可以帮我伴奏。"一只美丽的纺织娘飞来了。

这下，树叶上可热闹了：蟋蟀小姐演奏，纺织娘唱歌，萤火虫发出的亮光，照在每个小伙伴的脸上，暖在小蚂蚁的心里。

贴心话

小朋友，当你遇到迷路的小朋友的时候，你愿意伸出援助之手吗？当你的朋友孤独的时候，你愿意带着你的伙伴去陪伴他吗？

关注身边的每一个人，关注身边每一颗孤独的心，世界就会充满爱！

香皂和花手绢儿

　　一块紫罗兰香皂和一块花手绢静静地躺在售货大厅的玻璃柜里。

　　"香皂大哥，那些讨厌的灰尘，把你的衣服给弄黑了，我来帮你遮住他们。"花手绢说完，就用自己的身体把香皂给遮住了。

　　"手绢妹妹，我会报答你的。"香皂大哥感激地说。

　　有一天，一只可爱的蹦蹦兔来到玻璃柜旁，一眼看见那条漂亮的花手绢，就对售货员熊阿姨说："阿姨，我要买这一条花手绢。"蹦蹦兔捧起心爱的花手绢就要走。

　　"手绢妹妹，你等等我！"香皂大哥焦急地喊道。

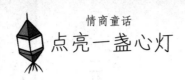 点亮一盏心灯

"蹦蹦兔,你就把香皂也一块儿带走吧,香皂和花手绢可是一对形影不离的好朋友呢!"熊阿姨对蹦蹦兔说。

就这样,香皂和花手绢来到了蹦蹦兔家。

蹦蹦兔是一只很淘气的兔子,他整天爬高又爬低,弄得满头满脸都是泥。回到家里,蹦蹦兔就用花手绢擦擦脸、擦擦嘴、擦擦屁股、擦擦腿。

"手绢妹妹,我来帮你洗一洗。"香皂大哥心疼地对花手绢说。

"谢谢香皂大哥。"花手绢边擦眼泪边说。

于是,香皂大哥就和花手绢来到水池边上,用自己的身体为花手绢洗去身上的脏东西。

"嘻嘻,好多漂亮的泡泡啊,真好玩!"花手绢快乐地说。

"你会变得和以前一样漂亮的。"香皂大哥也高兴地说。

可是,细心的花手绢很快就发现:自己越来越干净,而香皂大哥的身体却越来越小了……

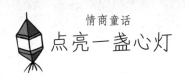

点亮一盏心灯

"香皂大哥，你不能再洗了！再这样洗下去，你就没了！"花手绢着急地说。

香皂大哥却笑呵呵地说："手绢妹妹，没关系。我的身体变小了，但你变漂亮了呀！看着你漂漂亮亮的，我心里就幸福。"

被香皂大哥洗得漂漂亮亮的花手绢，晾在葡萄架下，迎着清风，散发出淡淡的紫罗兰香味。

香皂大哥幸福地看着花手绢，对自己说："我把自己的美丽，都给了手绢妹妹。手绢妹妹的美丽，就是我的幸福。"

贴心话

小朋友，好朋友应该互相关心、互相帮助，为了别人，宁可牺牲自己的利益。当你身边的朋友在你的关心、帮助下获得了快乐，你不也感到快乐吗？

最漂亮的礼服

　　童话城堡里那位英俊而高贵的兔王子说："谁能做出我梦中见过的那件最漂亮的礼服，谁就是我的新娘。"

　　"我想做王子的新娘。可是，我到什么地方去找王子梦中的漂亮礼服呢？"在一个有星星的夜晚，善良美丽的吉吉兔小姐对天上的星星说。

　　天上那颗最亮的星星对吉吉兔说："兔小姐，你沿着屋后那条小路一直往前走，你就会找到那件最漂亮的礼服。"

　　听了星星的话，吉吉兔背着口袋出发了。

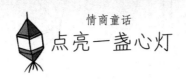

点亮一盏心灯

"吉吉兔，你帮我照顾一下我生病的女儿，我去请医生，好吗？"吉吉兔来到了一棵大树下，凤凰大婶对她说。

大约等了半天工夫，凤凰大婶才把医生请来。

"谢谢你，吉吉兔。我送你几根漂亮的羽毛作礼物吧！"临走的时候，凤凰大婶对吉吉兔说。吉吉兔很有礼貌地收下这些礼物，继续上路。

"吉吉兔，我的织布机坏了。可是，眼前的山那么高，我翻不过去，你能帮我把他搬到山那边去修理一下吗？"吉吉兔来到山脚下，纺织娘对她说。

吉吉兔也没有翻过那么陡峭的山啊！她鼓起勇气，花了一天工夫，帮纺织娘把织布机搬去修理好，又送了回来。

"谢谢你，吉吉兔。我就送你几匹我织得最漂亮的布作礼物吧！"临走的时候，纺织娘对吉吉兔说。吉吉兔很有礼貌地收下这些礼物，继续上路。

点亮一盏心灯

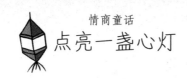

　　吉吉兔翻过了一座座山，蹚过一条条河，可是，她还是没有找到那件最漂亮的礼服。吉吉兔太累了，便坐在一棵大树下休息。

　　吉吉兔打开口袋一看，里面装满了一路得来的礼物：除了有凤凰的羽毛和纺织娘的布匹外，还有她为岸边的蚌包扎伤口得到的耀眼珍珠，为花仙子浇花得来的鲜艳花冠……

　　"可是，我最需要的漂亮礼服，在哪里呢？"吉吉兔流下了伤心的泪水。

　　"吉吉兔，你有漂亮的布匹、美丽的凤凰羽毛、闪亮的珍珠、缤纷的花冠……怎么还愁做不出最漂亮的礼服呢？"树精灵对吉吉兔说，"我再给你一些花针和七彩的丝线，你便可以做出最漂亮的礼服。"

　　当吉吉兔身穿粉红色的纱衣、头戴凤凰羽毛的花冠、颈

系璀璨的珍珠项链，出现在兔王子面前的时候，兔王子激动地拉着吉吉兔的手说："这就是我梦中见到过的最漂亮的礼服：纱衣上写着勇敢，花冠上写着勤劳，项链上写着善良……"

贴心话

勇敢、勤劳、善良的人，总是会得到生活的馈赠，因而能实现自己的理想。小朋友们，让我们学习做个勇敢、勤劳、善良的人吧！

想飞的小石头

在大山的深处，有许许多多奇形怪状的石头。千百年来，他们躺在那儿，受着风吹雨打、严寒酷暑；他们看冬去春来、花开花落，他们听候鸟去来、莺歌虫鸣……

在这些石头当中，有一块棱角分明、但外表粗糙的小石头。多少年来，小石头老是在夜里做着一个相同的梦：自己长着一对像蝴蝶那样漂亮的翅膀，飞上了天。于是，在小石头的心中，就有了一个美丽的梦想：如果哪一天，我真的能飞上天，那该有多好啊！

"唉！要是我真能飞上天，那该有多好啊！"小石头看着天上的飞鸟，低声叹息着。

"呵呵，那丑丑的小石头，整天都做着飞天的梦！"小石头身边的小草说。

小草的嘲笑，并没有让小石头放弃自己的梦想。

有一年夏天，山洪暴发了，小石头被洪水冲入河中。小石头和众多的卵石一起，任由河水冲刷。在河水中，小石头偶尔能看到蓝天。每当这个时候，他总是说："要是我真能飞上天，那该有多好啊！"

"我还没看见能飞上天的石头呢！"小石头身

点亮一盏心灯

边的一块卵石说。

卵石的话，也没有让小石头放弃自己的梦想。每当他遇到困难的时候，他总是对自己说："我一定要坚强，我一定要克服困难，我还没有实现自己的梦想呢！"

日复一日，年复一年，小石头身上的棱角被磨平了，他变得光滑起来。

又经过一次洪水，小石头被巨浪抛向空中，最后落到了岸边的荒坡上。

"唉！要是我真能飞上天，那该有多好啊！"每当小石头抬头看天的时候，他都会这样说。

"小石头啊小石头，别痴人说梦了，就是沧海变成了桑田，你的梦也不能实现。"小石头身边的小松树说。

虽然小石头身边的伙伴都这么说，而且小石头也亲眼目睹了桑田变成沧海，沧海又变

成桑田；但是，小石头心中的那个梦想，仍然没有改变。

有一天，一架小型直升机降落在小石头的身边。"哦，我终于可以清楚地看到飞机了。"小石头高兴地对自己说，"要是他能把我带到天上，该有多好啊！"

这时，一个背着黑色大背包的大胡子叔叔来到小石头的身边，坐了下来。当大胡子发现小石头的时候，他的眼睛一亮："呵！好家伙！"

大胡子叔叔把小石头捧在手心里，又从背包里拿出放大镜，认真地观察着小石头。"这是一块上好的玉石啊！"但是，小石头却听不懂大胡子叔叔的话。

"大胡子叔叔，我可以坐坐您的飞机吗？"小石头小心翼翼地问。

"哦？小家伙，你想坐飞机啊？"大胡子叔叔笑呵呵地看着小石头。

"是啊，我最大的梦想就是能飞上天。"小

石头见大胡子叔叔可以和自己说话，他的话就多了起来："可是，我的小伙伴们都说，我是痴人说梦。"

"小家伙，你的梦想会实现的，因为人类需要你。"大胡子叔叔说，"可是，我要告诉你，你还要接受比日晒雨淋更痛苦的磨难，才能实现你的梦想呵！"

"只要能实现自己的梦想，什么样的磨难我都能忍受。"小石头斩钉截铁地说。

于是，小石头就和大胡子叔叔一起坐上了飞机。在飞机上，小石头好兴奋：他的梦想终于成真了！他贪心地看着窗外美丽的蓝天、白云……

可惜的是，小石头还没看够，他们却很快就降落了。大胡子叔叔把小石头带到了一间很大的屋子里，里面有许许多多的小石头。

"小家伙，接受磨难的时候到了。如果你能挺过这一关，你的梦想一定能够实现。"大胡子叔叔爱怜地对小石头说。

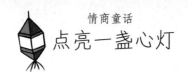

点亮一盏心灯

就这样，小石头尝到了磨难的滋味：他被翻来覆去地打磨，那金刚石做成的"刀"，在他身上不停地"切"着、"割"着……小石头咬紧牙关，忍受着剧痛，因为他始终记着大胡子叔叔对他说过的话："你还要接受比日晒雨淋更痛苦的磨难，才能实现你的梦想。"

"多好的一块玉石啊！"

"真是玉中之珍品啊！"

经过了精心琢磨，小石头终于变成了人人称赞的美玉，被送到了珠宝店中。小石头虽然躺在精致的珠宝盒里，但是，他仍然觉得自己的理想还没有完全实现。

有一天，一个中年男子买下了小石头，把他镶嵌在白金戒台上，送给了自己的女儿。中年男子对女儿说："孩子啊，我们佩戴玉石，并不是为了向人们显示我们的地位。我们要学习玉石的精神：'玉不琢，不成器'，一块完美玉石的形成，必须经过岁月的磨砺，必须经过力量的雕琢。孩子，当你勇敢地经过一番磨炼之后，你也会变成一块美玉的。"

最让小石头欣喜的是：那个戴着戒指的女孩，是一位空姐，她天天戴着小石头，在蓝天上飞翔……

贴·心·话

小朋友，你也有自己的梦想吗？为了实现你的梦想，你会奋力拼搏吗？当困难来临的时候，你会放弃对理想的追求吗？

小朋友们，只有不畏风雨、奋力拼搏的人，才能到达理想的彼岸，才能尝到成功果实的甜美。

爱吹泡泡糖的小松鼠

小松鼠在捡松果的时候，看见林子里的小姑娘们吹着大大的泡泡糖，他羡慕极了。

"小姑娘，我也想吹泡泡糖，你能给我一个吗？"小松鼠对小姑娘说。

"行啊，就给你一个吧！"小姑娘乐呵呵地送给了小松鼠一个泡泡糖。

小松鼠学着小姑娘的样子，吹啊吹啊，一下子就吹出了一个又大又漂亮的泡泡。这下子，小松鼠乐了，他说："等我有了钱，我要买好多好多泡泡糖。"

"可是，我怎么样才能有钱呢？"小松鼠左思右想。

"收松果哟，有松果的拿来卖啊——"小松鼠正在伤脑筋的时候，林子里传来了吆喝声。只见一个肩膀上挂着麻布大口袋的老爷爷边走边吆喝着。小松鼠急忙跑过去把老爷爷叫住："老爷爷，我有松果卖给您。"

小松鼠把家里所有的松果都搬出来，准备卖给老爷爷。

"小松鼠啊，你把所有的松果都卖给了我，你拿什么过冬啊？"老爷爷关切地问小松鼠。

"这您就别操心了，我会用卖松果的钱，去买更好的过冬食物。"小松鼠神秘地说。

小松鼠拿着卖松果得来的十块钱，高高兴兴地来到卖场，把所有的钱都换成了他渴望已久的泡泡糖。回到家里，小松鼠吹啊吹啊，把所有的泡泡糖都吹得大大的、圆圆的，在松树上挂满五颜六色的泡泡。

　　冬天到了，冬爷爷给大地铺上一层厚厚的雪绒被子。小松鼠找不到食物了，用来过冬的松果，也被换成了泡泡糖。小松鼠望着松树上挂着的泡泡，他想："要是这些泡泡糖能把我带到暖和的地方，找些食物来吃，那该有多好啊！"

　　那些漂亮的泡泡糖似乎听懂了小松鼠的话，他们合在一起，变成了一个大大的泡泡，把小松鼠裹在里面。

　　小松鼠感到自己随着泡泡飞起来了："泡泡糖一定会把我带到一个可以找到食物的地方。"小松鼠在泡泡里开心地想着。

　　泡泡飞啊飞啊，被正在空中飞翔的老鹰看到了。"呵！好漂亮的泡泡，明天刺猬小姐过生日，我正愁没有生日礼物送呢！就把这个带回去做礼物吧！"于是，老鹰便把装着小松鼠的泡泡带回了家。

　　刺猬小姐生日那天，老鹰带着泡泡来到了刺猬小姐家。

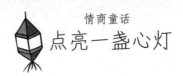

点亮一盏心灯

"哟！鹰大哥，您到哪里弄了这么一个五彩的气球？我最喜欢了。"刺猬小姐说着，就扑过去，想紧紧地把泡泡搂在怀里。

"砰！"泡泡在刺猬小姐的怀里破了。

泡泡破了，小松鼠滚了出来。

"哟，我怎么弄回来了一只小松鼠？"老鹰很惊奇。

"小松鼠，欢迎你的到来。"刺猬小姐看着漂亮的小松鼠，高兴地邀请道："我们一起吃蛋糕吧！"

肚子饿得咕咕叫的小松鼠坐下来，红着脸，满足地吃着蛋糕。小松鼠对自己说："以后，我再也不会用松果去换泡泡糖了。"

贴心话

小朋友，千万不能学习故事中的小松鼠，用过冬的粮食去换取一时好玩的泡泡糖。要不然，最终吃苦头的仍是自己。

不管什么时候，我们都应该对自己的生活有所规划，千万不能为了满足一时的好奇，而放弃了对自己更重要的东西。

会唱歌的紫色秋千

天使姐姐头上那根紫色的羽毛，想去寻找人间天堂。临走的时候，羽毛问天使姐姐："姐姐，我到了人间，还做羽毛吗？"

天使姐姐说："你想做什么都可以，我会满足你的愿望，只要你过得快乐！"

紫色羽毛来到草坪上，看到孩子们都在玩气球。那五颜六色的气球，在孩子们的欢呼声中，翩翩起舞。紫色羽毛对天使姐姐说："多漂亮的气球啊！天使姐姐，我也变成一个大大的紫色气球吧！"

紫色气球一会儿在这个孩子的手中，一会儿又到了那个孩子的手中。"啊！做气球多么快乐啊！"

"砰！"紫色气球爆炸了！

气球的碎片，很快就合成了一片紫色的羽毛。紫色羽毛对自己说："没想到，漂亮的气球，也不能让我感到真正的快乐！"

紫色羽毛来到一个精品店里，他看到了好多美丽的物品：亮晶晶的发夹、小巧玲珑的花瓶、坐在摇篮里的蹦蹦兔……最让紫色羽毛喜欢的，是躺在水晶盘子里的五彩弹力球，有好多孩子都在等着买呢！紫色羽毛对天使姐姐说："多漂亮的弹力球啊！姐姐，我也变成一个漂亮的弹力球吧！"

紫色羽毛变成的弹力球，被一个可爱的男孩买走了。

男孩儿拿出紫色弹力球，和伙伴们比赛，看谁的弹力球蹦得高。

"从现在起，我就可以在地上快乐地蹦来蹦去了。"紫色弹力球喜滋滋地想着。

可是，因为男孩子想让紫色弹力球弹得高一些，

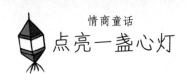
使的劲儿太大，紫色弹力球一下子就蹦进了一个大池塘里。

"算了，捡不回来了，再去买一个吧！"男孩子望着漂在水面上的紫色弹力球，无奈地走了。

紫色弹力球只得又变回羽毛，随着风儿飘上了岸。紫色羽毛对自己说："没想到，漂亮的弹力球，也不能让我感到真正的快乐！"

最后，紫色羽毛来到一个花园里，听到了一对母女的对话：

"妈妈，要是能有一架会唱歌的秋千，在您上班的时候，我就不会寂寞了。"女儿摸着妈妈的脸，轻轻地说。

"是啊！可是，哪儿才有会唱歌的秋千呢？"妈妈吻了吻女儿的额头，轻声叹息着。

紫色羽毛仔细一看：那是个眼睛看不见的女孩子！紫色羽毛对天使姐姐说："多可怜的孩子啊！姐姐，我就变成一架会唱歌的紫色秋千吧！"

紫色羽毛果真变成了会唱歌的紫色秋千。

"天上的星星不说话，地上的娃娃想妈妈……"

"摇啊摇，摇啊摇，摇到外婆桥……"

紫色秋千为小女孩唱着一首又一首的儿歌。看到小女孩脸上幸福的微笑，紫色秋千对天使姐姐说："姐姐，我就永远做紫色秋千吧！这儿就是我要寻找的人间天堂！"

贴心话

小朋友，哪里有快乐的天堂呢？快乐的天堂需要我们用心去建造。

像故事中的紫色羽毛一样，变作紫色秋千，为小女孩带来幸福，那里便是真正的人间天堂。

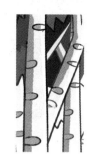

当幸福猫咪遇上小竹子

幸福猫咪一直生活在妈妈温暖的襁褓中，过着无忧无虑的日子。有一天，幸福猫咪对自己说："我想出去看看外面的世界。"

"我该去哪儿呢？"幸福猫咪什么地方也没有去过，他想了想，对自己说，"就到妈妈常带我去的后山看看吧！"

幸福猫咪到了后山，后山上长满了小竹子，一棵棵都对着幸福猫咪微笑。

"欢迎你，朋友。"小竹子们都唱着动听的歌谣，欢迎幸福猫咪的到来。

　　幸福猫咪友好地和竹子朋友们打招呼，一会儿摸摸这棵竹子的脸庞，一会儿拍拍那棵竹子的肩膀。

　　"竹子大哥，我到这里来，能做点什么呢？"幸福猫咪问。

　　"猫咪小弟，你看到我身边的秋千了吗？你可以荡荡秋千啊！"竹子大哥说。

　　幸福猫咪轻快地荡起了秋千。随着幸福猫咪力量的加强，秋千越荡越高。幸福猫咪快乐地对自己说："原来，这就是真正的快乐。以前，在妈妈的襁褓里，虽然温暖，但没有这么快乐。"

　　"竹子姐姐，我到这里来，能做点什么呢？"幸福猫咪问。

　　"猫咪小弟，那边有一个斜坡，你可以去练习爬坡啊！"竹子姐姐说。

　　幸福猫咪看着那虽不算高、但有些陡的小山坡，不禁有些发愁："以前，都是妈妈带着我翻

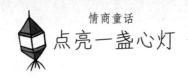

山越岭的，我一个人行吗？"

幸福猫咪使出全身的力气，才爬上了那个小陡坡。站在陡坡的最顶端，幸福猫咪感到了从未有过的幸福，他对自己说："原来，这就是真正的幸福。"

"啊——"沉浸在幸福中的猫咪，居然忘了自己站在陡坡上，一不小心就摔了下去。这下，他才尝到了摔跤的滋味。幸福猫咪爬起来，拍了拍身上的泥土，对自己说："原来，摔跤后自己爬起来也是一种快乐啊！"

"呼——"起风了，林中的竹子随风舞蹈。

"沙沙沙——"下雨了，林中的竹子，似乎又唱起了动听的歌谣：

"风儿啊，你轻些吹；雨儿啊，你慢些下；有棵小竹子啊，他禁不起风吹雨打。"

幸福猫咪本来想回家了，可是，当他听到了这凄美的歌谣，他停住了回家的脚步。

"竹子哥哥，那棵小竹子在哪里呢？"幸福猫咪在风中问。

"他在林中接受风雨的洗礼。"竹子哥哥说。

"竹子姐姐,那棵小竹子在哪里呢?"幸福猫咪在雨中问。

"他在林中接受风雨的洗礼。"竹子姐姐说。

"哦,找到了!终于找到了!"幸福猫咪终于来到了小竹子的身旁。这是一棵弱小的竹子,一棵看起来禁不起风雨的小竹子,一棵在风雨中摇摆的小竹子!

"小竹子,我能帮你做点什么吗?"幸福猫咪觉得自己一下子长大了,渴望帮助别人了。

"谢谢你,小猫咪。你只要给我一点点勇气,我就能渡过难关。"风雨中的小竹子用微弱的声音对幸福猫咪说。

"小竹子别怕,有我呢!我会在风雨中陪着你的。"幸福猫咪说,"风雨之后,总会有彩虹的。"

幸福猫咪真的在竹林中长大了。

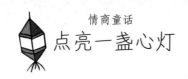

点亮一盏心灯

幸福猫咪和小竹子在风雨中相依相偎，一起盼望着美丽的彩虹！

贴心话

什么是真正的幸福？真正的幸福，不是躺在妈妈温暖的襁褓里，也不是一直生活在安逸的环境中。真正的幸福，是寻找属于自己的天地，自由自在地享受生活；是不屈于生活中的困难与挫折，是与自己的朋友共渡难关。

小朋友，相信自己，只要努力克服困难，风雨之后，总会有彩虹。

叶儿青青菜花黄

三月里，一株油菜的枝头，开出了一簇簇小黄花。这些小黄花，在青青的叶子的映衬下，显得更加金黄。

"叶儿青青菜花黄，我唱着歌儿上山岗……"伴着菜花的清香，蜜蜂姑娘提着小桶，采蜜来了。

"我还是第一次看到这样美丽的小黄花，我还是第一次嗅到这样沁人心田的芬芳。你是怎么来到这里的？"蜜蜂问油菜姑娘。

油菜姑娘说："花仙子让我把最美的芬芳带给

人间。只是，蜜蜂姑娘，我的花儿里，并没有你需要的蜜糖。"

蜜蜂姑娘微笑着说："你的花儿里虽然没有我需要的蜜糖，但我们可以成为好朋友啊！"蜜蜂姑娘的话，让油菜姑娘的笑脸，在阳光下显得更加灿烂。

"叶儿青青菜花黄，哪儿有我的好食粮……"伴着油菜花儿的清香，一只肥胖的菜青虫爬上了油菜花的花茎。

饥饿的菜青虫，贪婪地啃食着油菜姑娘的叶子。油菜姑娘皱着眉头，痛苦地呻吟着："求你别再啃了，好疼啊——疼啊——"

"喂！菜青虫，你怎么可以这样不讲

礼貌啊？这么漂亮的油菜花，你也舍得吃？"蜜蜂姑娘生气地说。

"哈哈！这么鲜嫩的叶子,是最好的美味呢！"菜青虫满意地说,"吃完了叶子，我还要吃那金黄色的花呢！哈哈哈——"

油菜姑娘在菜青虫那可恶的笑声中，痛苦地呻吟着。

蜜蜂姑娘用身子护着油菜姑娘，生气地对菜青虫说："不行！你不能再吃油菜姑娘了。你吃光了她的叶子，她就会枯萎的；这样一来，我们就再也看不到花仙子送给我们的美丽了。"

"你不让我吃我就不吃了？你能战胜我吗？"菜青虫恶狠狠地说，"只要你敢蜇我，你就会没命！你敢……"

菜青虫的话还没有说完，只听见"哎哟——"一声惨叫，菜青虫就从叶子上滚落下来，在地上痛苦挣扎着……

"蜜蜂姑娘，你没事吧？菜青虫说的话，不会是真的吧？"油菜姑娘急忙问道。

"油菜姑娘，我不后悔我所做的事；我用我的生命，让更多的朋友能看到你的美丽……"

说完，蜜蜂姑娘就永远地离开了这个美丽的世界……

花仙子被蜜蜂姑娘感动了。她打开花囊，撒下了好多油菜花的种子，并对这些种子说："我要让你们开满田野、开满山岗；当你们绽放的时候，我会赐给每朵花儿一滴蜜糖，让勤劳而善良的小蜜蜂采去做成佳酿。"

第二年春天，漫山遍野的油菜花开了。成群结队的小蜜蜂，提着小桶，在金黄的菜花丛中，唱着动听的歌谣：

"叶儿青青菜花黄，提着小桶采蜜糖……"

贴心话

　　小朋友，在我们的生活中，为正义而献身的英雄非常多，比如警察、消防队的叔叔伯伯们，他们都是我们学习的好榜样。

　　当弱者受到他人欺凌的时候，有正义感的人都应该挺身而出（小朋友可找大人协助），为保护弱者的权利而努力。

蒲公英飞回来了

　　"天上的星星不说话，地上的娃娃想妈妈……"咩咩羊坐在家门前的柳树下，用口琴吹出了美妙的旋律。

　　文文猪是咩咩羊的好朋友，他最喜欢坐在咩咩羊的身边，静静地听咩咩羊吹口琴。

　　咩咩羊那把漂亮的口琴，是她五岁生日的时候，大头猪妈妈送给他的。咩咩羊很喜欢这把口琴，每当那悠扬的旋律从咩咩羊的口琴里传出来的时候，天上飞着的鸟儿会在她的头顶盘旋，地

上跑着的小伙伴会在她的身边跳舞，水中游着的鱼儿会朝着她的方向吐出美丽的泡泡……

春天来了，不知什么时候，小草偷偷地从土里钻出来，树上的花苞也绽放了笑脸……咩咩羊在暖暖的阳光下，轻轻地吹着好听的曲子。

"柳树奶奶，您怎么了？"咩咩羊身边的文文猪，听到了柳树奶奶那轻微的叹息声。

"孩子，奶奶的心事，你没法理解。唉——"柳树奶奶又轻轻地叹了口气，她说："不知道那些蒲公英的种子，飘向何方了？"

听到柳树奶奶的叹息，咩咩羊也停了下来。"奶奶，您有什么心事，就对我说吧！"

"我知道柳树奶奶的心事。"柳树上的一只小鸟说，"奶奶寂寞呢！奶奶思念着那些飘向了远方的蒲公英呢！"

在咩咩羊的央求下，柳树奶奶说出了自己的心事："以前啊，我的身旁生长着好多好多会跳舞的

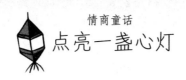

点亮一盏心灯

蒲公英呢！他们日夜陪伴着我……可是，有一天，他们说，没有音乐的伴奏，他们的舞姿就不够优美，所以他们要去寻找一个有音乐的地方。于是，他们就飞走了……"

听了柳树奶奶的话，咩咩羊带着文文猪上路了。

"远方的蒲公英啊，你们可曾听见，柳树奶奶对你们的思念……远方的蒲公英啊，如果你们回到柳树奶奶的身边，我会天天为你们吹出好听的曲子，让你们跳出优美的舞蹈……"咩咩羊一路吹着口琴，寻觅着那些会跳舞的蒲公英。

"咩咩羊，都这么多天了，还是没有找到会跳舞的蒲公英，我们回去吧！"文文猪揉着走得酸疼的腿肚子说。

"不行，我相信，

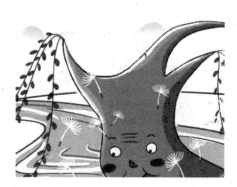

只要有恒心，我们一定能找到会跳舞的蒲公英的。"咩咩羊坚定地说。

又过了好些天，咩咩羊和文文猪来到了一个美丽的小山坡。咩咩羊坐在小山坡上，又吹起了那首曲子："远方的蒲公英啊，你们可曾记得，柳树奶奶对你们的思念……远方的蒲公英啊，如果你们回到柳树奶奶的身边，我会天天为你们吹出好听的曲子，让你们跳出优美的舞蹈……"

不一会儿，一幅美丽的画面，出现在咩咩羊和文文猪的面前：好多撑着小伞的蒲公英，围着他们跳舞呢！

就这样，咩咩羊和文文猪把会跳舞的蒲公英带回到柳树奶奶的身边。从此以后，柳树奶奶的身旁每天都会响起悠扬的琴声，蒲公英也会伴着琴声欢快地跳舞……

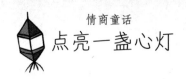

幸福的微笑，又回到了柳树奶奶的脸上！

贴心话

　　小朋友，你让身边的老人感到快乐吗？当你身边的老人需要帮助的时候，你伸出过援手吗？你会像故事中的咩咩羊一样，历尽千辛万苦，为老人寻找快乐吗？

　　老人曾经为社会贡献心力，他们年纪大了，更需要我们的帮助。我们应该以实际行动，去关爱我们身边的每一位老人！

点亮一盏心灯

晚风轻轻吹拂着大地，月亮害羞地躲进了云层里，调皮的星星们在天幕上追逐嬉戏。

"一、二、三……"小熊可可躺在妈妈的怀里数着天上的星星。突然，可可指着天幕上那两颗最亮的星星，对妈妈说："妈妈，那两颗最亮的星星，真像一双会说话的眼睛呢！"

熊妈妈抚摸着可可的头说："孩子，那两颗星星不但是会说话的眼睛，他们还照亮黑夜，照亮人们前进的道路。"

"妈妈，老师说，我的眼睛也会说话呢！我也

点亮一盏心灯

能为别人照亮前进的道路吗？"可可眨着大眼睛，天真地问。

"当然可以啊！当你看到别人需要帮助的时候，就伸出你的双手，为别人带来温暖，不就是照亮别人了吗？"

可可听懂了妈妈的话，他学会了用一颗真诚的心，去关爱别人，为别人带来温暖。

可是，不幸却降临到了可爱的可可身上。在一个漆黑的夜晚，可可帮助兔奶奶盖完房子之后，在回家的路上，走到山路的拐弯处，不小心掉到了山崖下……

可可永远失去了那双会说话的眼睛，可可永远看不到这美丽的世界了！熊妈妈伤心地哭了，懂事的可可却没有哭；他说："妈妈，我虽然没有了眼睛，但是，我还有一颗心啊！我会用心来爱您，我会用心去关心

别人！"

夜，静静的，只有几只小蟋蟀在低声细语，仿佛在讲述着白天发生的故事。可可躺在熊妈妈的怀里，听熊妈妈讲着美丽的童话故事："清晨，太阳公公露出了甜蜜的笑脸，花瓣儿上那些珍珠似的露珠，一个个都像在和太阳公公捉迷藏似的，骨碌碌地滚进草丛里去了……"

"妈妈，您说，这样黑的夜晚，在我摔跤的那个拐弯处，要是有人经过，岂不是很危险吗？"可可打断了妈妈的故事。

"是很危险。可是，我们有什么办法呢？"熊妈妈问。

可可想了想，说："妈妈，我们提着灯笼守在那里，为过路的人照亮吧！"

熊妈妈带着可可，提着灯笼，守在那个悬崖边上的拐弯处。

一只替别人送信的梅花鹿走过来了，

他问："这样黑的夜晚，你们提着灯笼站在这里，是在等什么人吗？"

可可说："这里危险，我们是在为过路的人照亮。"

第二天夜晚，在另一个有危险的拐弯路口，一只梅花鹿提着灯笼守在了那里。一头过路的大象看见了，问："这样黑的夜晚，你提着灯笼站在这里，是在等什么人吗？"

梅花鹿说："这里危险，我是在为过路的人照亮。"

第三天晚上，在另一个有危险的路口，一头大象提着灯笼守在了那里……

日子一天一天地过去了，每当夜幕降临的时候，在一个个有危险的路口，都会亮起一盏盏灯。远远望去，那一盏盏灯，像一双双会说话的眼睛，又像一颗颗温情洋溢的心……

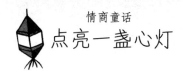

情商童话

点亮一盏心灯

贴心话

　　小朋友，在生活中，我们要学会用一颗真诚的心，为别人带来温暖与光明。

　　一颗颗充满爱的心，就犹如一盏盏明亮的心灯，会一盏接一盏地点燃，照亮了别人，幸福了自己。

断尾巴的呼啦猫

当调皮的月牙儿，爬上高高的树梢，与星星们玩着"老鹰捉小鸡"的时候，咕噜狗拿着老鼠夹出门了……

"讨厌的花猫，我夹瘸你的小腿，我夹掉你的尾巴！"咕噜狗边走边咬牙切齿地念着。

对面那只小老鼠听到了咕噜狗的咒骂，他一溜烟爬上一棵大树，尖着嗓门问："亲爱的咕噜狗大哥，您骂谁呢？"

"我在骂呼啦猫呢！她居然当着老师和全班同学的面揭穿我！"咕噜狗生气地说。

 点亮一盏心灯

眼尖的小老鼠看见咕噜狗拿着的老鼠夹，他小心地问："你……你要把老鼠夹……放在哪里呀？"

"这个……"咕噜狗斜着眼睛瞧了小老鼠一眼，"我可不告诉你！"

咕噜狗蹑手蹑脚地来到呼啦猫的花园里，他偷偷地把老鼠夹放在呼啦猫最喜欢的蝴蝶兰花圃旁边，然后悄悄地离开了。

咕噜狗哪里知道，他所做的这一切，都被一路跟来的小老鼠看在眼里。

清晨，暖暖的太阳光洒进呼啦猫的窗户，唤起了睡梦中的呼啦猫。

"真香啊，一定是我的蝴蝶兰开花了！"呼啦猫伸了个懒腰，"我得去看一看美丽的花朵，我得去闻一闻淡淡的花香。"

"哎哟——"当呼啦猫走进蝴蝶兰花圃，正巧踩中了咕噜狗放的老鼠夹，夹断

了尾巴尖儿。

"哈哈哈——哈哈哈——这可是天底下最有纪念意义的时刻呀!"远远地躲在树上的小老鼠,笑得直不起腰。

"那曾经是多么美丽的猫小姐呀,怎么断了尾巴尖儿呢?"喜鹊妹妹说。

"是不是遭到了老鼠的报复?"山羊大叔问。

大家纷纷猜想着,只有咕噜狗和小老鼠明白是怎么一回事。

转眼间,炎热的夏天到了,咕噜狗热得张大嘴巴,伸出舌头直喘气。

"到林子里避避暑吧!"咕噜狗朝林子深处走去。

忽然,"哗啦——"一声响,咕噜狗掉进猎人的陷阱里去了!

"救命啊!救命啊!"咕噜狗大声呼喊着。

那只看见咕噜狗放老鼠夹的小老鼠,听到呼喊声跑来了。他瞧着陷阱里的咕噜狗,幸灾乐祸地说:"这下好了,过不了多久,你的皮会被钉在墙上,

你的肉也会被摆到人们的餐桌上，多风光呀！"

"叮叮当，叮叮当，铃儿响叮当……"

呼啦猫唱着歌，朝陷阱这边走来，小老鼠偷偷地躲进了旁边的灌木丛中。

"呼啦妹妹，救救我！"咕噜狗大声呼喊着。

呼啦猫来到陷阱边，看到了陷阱中的咕噜狗，着急地说："咕噜大哥，你怎么这样不小心呀？你等等，我想个办法救你上来。"

"有了！"呼啦猫找来一些藤蔓，来到陷阱边上，高兴地说："咕噜大哥，我把这藤蔓的一端系在大树上，另一端扔给你，你就可以顺着藤蔓爬上来了。"

这时候，那只躲在灌木丛中的小老鼠说话了："亲爱的猫小姐，你那条漂亮的尾巴，就是被咕噜狗放的老鼠夹夹断的。"说完，他就一溜烟跑掉了。

"呼啦妹妹，我……我……对不起你……"咕噜狗小声说，"如果你今天不救我，我也不会怪你的。"

要救咕噜狗吧，呼啦猫看着自己的断尾巴，感到有些怨恨；不救咕噜狗吧，呼啦猫又觉得自己小

心眼，不够宽容。

最后，呼啦猫还是把藤蔓的一端系在大树上，把另一端扔给了咕噜狗。

咕噜狗从陷阱里爬出来了。呼啦猫和咕噜狗都开心地笑了。

贴心话

小朋友，宽容是一种美德。生活中，每个人都有犯错的时候，如果我们能够宽容别人，我们会因此拥有许多可以相互帮助、相互包容的朋友，我们的生活会因此变得更加快乐！

弯弯的月牙儿

　　窗外，几颗明亮的星星，点缀着那方夜空。那笑弯了眉毛、笑弯了嘴儿的月牙儿，不知道什么时候，也悄悄地爬上了树梢。

　　"唉，要是我脸上这弯月牙儿，能挂到天上去，永远不再回来，该有多好？"

　　兴儿喜欢在有月牙儿的夜晚，托着腮帮子，傻傻地望着月亮，傻傻地想着同一个问题。

　　十年前，兴儿四岁的时候，有一天，几个小朋友顽皮地在玩烧红的烙铁，不小心扔到了兴儿的脸上。从此，兴儿的脸上就多了一道弯弯的月

点亮一盏心灯

牙儿。长大后，每当兴儿照镜子，总是觉得自己不够美丽。于是，在兴儿的生活里，多了叹息，少了自信。

兴儿慢慢地走进自家的花园。

"姐姐，你为什么总是不快乐呢？"花园中那朵最不起眼的小蓝花轻轻地问。

兴儿伤心地说："因为我不美丽！"

"姐姐，你为什么会觉得自己不美丽呢？"小蓝花说，"我就觉得自己很美丽呀！"

兴儿打量着身旁这朵小蓝花：她的茎细细的，颜色淡淡的，花瓣儿并不显眼，花蕊也并不特别……如果在花园里选美，这朵小蓝花铁定不能入选。

"你认为自己美在哪儿？"兴儿问。

"都很美丽呀！"小蓝花自信地说，"蜜蜂姑娘采蜜累了，就在我身旁歇歇脚；蝴蝶姐姐有心事，就来向我诉说；蚂蚁弟弟遇上雨了，就在我的花瓣下躲一躲……"

兴儿对小蓝花的善良感到佩服。她再次打量着小蓝花：虽然她看起来并不鲜艳，但是从她的身上可以读到几分自信、几分幸福。

"嗨！蜗牛先生，您好！"一只蜗牛慢慢地爬过来，小蓝花热情地和蜗牛先生打招呼："您的新娘子娶过门了吗？"

"蓝花妹妹，我可遇上麻烦了！"蜗牛先生叹息着。

"您有什么需要我帮忙的吗？"小蓝花问。

蜗牛先生说："我那新娘子说，在迎亲那天，她只要一朵美丽的小花做阳伞。可是，我找遍了整个花园，有的花太大，我搬不动；我能搬动的，别人又不愿意。"

"蜗牛先生，我也很美丽呀！"小蓝花绽放着甜甜的微笑："如果你喜欢，我可以去给你的新娘子做阳伞。"

蜗牛先生满意地走了。小蓝花对兴儿说："姐姐，我真幸福，我觉得我是世界上最美丽的花儿！"

夜深了，兴儿回到自己的房间。她拿出镜子，用手轻轻地抚摸着脸上那弯弯的月牙儿："我像小蓝花一样美丽吗？"

"其实你也很美丽！"一个甜甜的声音说，"你脸上的月牙儿，如果你能接受他，你的生活会变得更加美丽！"

不知什么时候，天上的月牙姑娘已来到兴儿的房间。月牙姑娘的脸上，也有一道弯弯的月牙，可是，她却笑得那么灿烂、那么美丽！

每一朵花都是美的，

凋谢的花瓣也美丽！

每一棵树都是美的，

弯曲的树干也帅气！

这个世界上，

 点亮一盏心灯

没有丑的花，

也没有丑的树……

月牙姑娘唱着歌，轻轻飞回美丽的夜空。

贴心话

我们的幸福，是生活的一部分，我们应该接受；我们的挫折，也是生活的一部分，我们也应该接受。

小朋友，请你们记住："每一朵花都是美的，凋谢的花瓣也美丽！每一棵树都是美的，弯曲的树干也帅气！这个世界上，没有丑的花，也没有丑的树……"

图书在版编目（CIP）数据

情商童话：点亮一盏心灯 ／ 曾维惠著．－福州：
福建教育出版社，2016.5
（曾维惠的童话王国）
ISBN 978-7-5334-7075-3

Ⅰ.①情… Ⅱ.①曾… Ⅲ.①童话－作品集－中国－当代
Ⅳ.① I287.7

中国版本图书馆 CIP 数据核字（2015）第 299215 号

QINGSHANG TONGHUA
情商童话——点亮一盏心灯
曾维惠　著

出版发行	海峡出版发行集团

福建教育出版社

（福州梦山路 27 号　邮编：350001　网址：www.fep.com.cn

编辑部电话：010-62027445

发行部电话：010-62024258 0591-87115073）

出 版 人	黄 旭
印　　刷	福州华彩印务有限公司

（福州市福兴投资区后屿路 6 号　邮编：350014）

开　　本	890 毫米 ×1240 毫米　1/32
印　　张	5.5
插　　页	3
字　　数	78 千
版　　次	2016 年 5 月第 1 版　2016 年 5 月第 1 次印刷
书　　号	ISBN 978-7-5334-7075-3
定　　价	19.00 元

如发现本书印装质量问题，请向本社出版科（电话：0591-83726019）调换。